SWEET EMOTION

小川涼佳
OGAWA RYOUKA

幻冬舎
MC

目次

触んな

カラオケボックスやエレベーターの中、二人きりの空間になると、すぐに距離を詰めて身体に触れてくるのがイヤだった。付き合っているのに、彼氏と彼女なのに、触られるのがイヤなんて変？　でも、ウチの身体は、ウチだけのもの。付き合い始めたからって、いつでも自由に触っていいわけじゃない。そんな権限、いつあげた？　ゲーセンで出逢ってグループ交際、一番イケメンな拓斗（たくと）にコクられて有頂天になったのも束の間、徐々に違和感を感じるようになっていた。

ウチにとっては初カレ。付き合うって、つまりはそういうことなんだろうけど、一心同体じゃないんだから、意思確認はしてほしい。

触れられるのを嫌がると、すぐに気持ちを疑ってくるの、ウザイ。

そんなんじゃない。ただ、自分のモノみたいな扱いがなんかイヤなだけ。アンタ専用のオモチャじゃないもん。

一度だけ、すごく優しくしてくれた時に流れで初キスしたけど、余韻にひたる間もなく「ハイ、次！」って感じで触りまくってきたから、どーんと拒否ってしまった。

どうして待ってくれないの？　せっかくイイ感じだったのに。二人の間の見えない壁を取り払った、密な感じがすごくよかったのに。もう少しだけ長く、ただしっかりと、抱きしめてほしかった。

好き

好きって、なんなんだろう。男子とウチらって、好きなものが全然違う。夢中になってハマるものも。それなのにお互い「好き」になるのって、どういう仕組み？　遺伝子とか本能とかそういうやつ？

「どうしてコクってくれたの？」
「めっちゃタイプだったから。カワイイし、連れて歩きたくて」

ふーん。彼女っていうよりか、持ちもの？　ペット？　ウチもイケメンに弱いから、お互いさまかなぁ。

ウチが何考えてるかなんて、全然興味ないのかな。それより、太った、痩せた、肌のコンディション、服のセンス、つまり、「見た目」が大事。一度、拓斗とのデートに少しだけラフな感じのジーンズで行ったら、待合せで会うなり思いっきり嫌な顔。汚いものでも見るような目で、ウチを見た。向こうはそこそこオシャレめな格好だったからか、

「男の方がめかし込んでるってバカみたいじゃん」

イラついて、ため息ついたり、速足で歩いて、謝っても手も繋いでくれなかった。悲しくて、どうしたら機嫌を直してくれるのか知りたくて、1時間後にもう一度待ち合わせ、家に戻ってわざわざスカートに着替えた。バッカみたい。悔しくて涙が出てきた。

「ホラ見ろ。言った通りだろ。絶対スカートの方が可愛いじゃん」

一気にゴキゲンになって、いつものように優しくしてくれたけど、ウチが感じた悲しさは、置いてきぼりのまんま。スカート履いてれば、別にウチじゃなくてもよくない？

無理やりテンション合わせたけど、虚しくて、心で泣いた。

カレシに言われて、蔑んだ目で見られて、ウチがどんなに悲しかったか、惨めだったか、気にかけてほしかった。ほんの少しでいいから。

ちょっとずつ溜まった負のスタンプカード。ある日、一気に最後まで捺されてしまった。

話のテンポが合って、ポンポン言葉のキャッチボールが出来るウチをいつも面白がってくれて、すごく楽しいときもあったけど、それは二人の意見が一致してるとき。

ファミレスやコンビニで店員さんに横柄な態度をするのがイヤで、

「今の言い方、感じ悪くない？」

ちょっとだけ言ってみたら、

「は？　こっちは客だし、別によくね？」

急にキレ出し、

「客なら何言ってもいいわけ？」

聞いてみたら、

「何、お前。俺と店員と、どっちの味方？　どんくさいからそう言って何が悪いんだよ」

「混んでるんだもん、仕方ないじゃん。客の方が偉いとか、カンチガイだよ」

「オレに意見すんのかよ、何様だよお前」

アンタにお前呼ばわりされたくないよ。この俺様が！

弱い立場の人や、女子供相手にいばって威嚇するやつ、大っ嫌い。

急速に冷めて、こっちから連絡するのをやめようと決めた。怒ると怖いから、徐々に回数を減らして、気付いてもらう作戦。でも俺様だからなぁ、気付いたら気付いたでなんかまたブチキレそう。

見た目に騙されちゃダメ。言葉よりも、行動から、中身をちゃんと見なきゃ。ママにいつも言われていたのに。わかってるんだけど、ついついイケメンにばっかり目がいっちゃう。

最初はめっちゃ優しかったのになぁ。コクられてすぐの頃の優しさが忘れられなくて、気持ちは冷めたけどやっぱりへこんだ。だんだん大事にされなくなったのはナゼだろうと考えた。

きっと、思い通りにならなかったから。ウチにはウチの気持ちや考えがあることを、話してもわかってもらえなかった。わかっても、それを軽く見られて無視された。要するにナメられたんだ。ニコニコ調子を合わせることも出来たけど、ずっとは無理だし、そんなの全然ウチじゃない。相性が悪かったんだ。

初めての恋は、アッという間に萎(しぼ)んで終わった。

けいおん

気持ち的にフリーになってすぐ、由依(ゆい)に軽音楽部の見学に誘われた。ドラムの男子にカッコいい子がいるよって聞いて、心が動いた。どれどれ、ちょっと顔だけ見に行こうかな。

部室に入ってすぐに、わかった。ドラムのすぐ横に立って教えてる男子。

髪！　ふわふわじゃん。カッコいいってか、可愛い。

あっ、こっち見て笑った！　うわ、かわいーかわいー！

ちょうどレクチャーしてもらった子が終わったタイミングで、

「今、大丈夫だよ。ちょっと叩いてみる？」

ニッコリ笑顔に促されて、見学だけのつもりだったのに、ドラムを叩く羽目に。

はー、ダメだきっと、ウチめっちゃ鈍いから。

「名前は？」

「は？　平野真侑(ひらのまゆ)ですけど」

「俺、椎名結城。よろしく」

軽音に入るかどうかわかんないのに、自己紹介？　ウチ、気に入られちゃったんかなぁ？

最初に簡単な8ビートっていうのをやってみせてくれたけど、ダッメ、手足バラバラに動かすなんて無理ー！　案の定、全部いっぺんにバッヒバヒ叩くしか出来ない。何コレ、惨め。

「1個ずつやってみようか」

右手でハイハットという小さいシンバルが鍋みたく合わさったやつを、一定のリズムで叩くだけ。これなら出来るー！

「そうそう、いいよ。次は左手入れてみようか」

四つ叩くうちの三つめに左手でスネアドラムを。

「ちょっとゴメンね」

後ろに回って、左のスティックの根元のところを一緒に支えてくれた。手、重ねちゃっていいのに。

出来た！

「出来てるじゃん。筋がいいよ」

ニッコリ笑う。あっ、歯がきれい。リズムふらふらだけど、なんとか8小節くらい続けて出来た。

「次、足入れてみよっか」

どったん、ドヒッ！　ダメだ、右足踏むと左手のタイコが釣られて引っ張られるゥ…

ハァハァ、

「ダメッす、才能ないわ、私」

いつもはウチなのに、なんかよそゆきになってる自分に気付く。

「今日初めてだろ？　最初はそんなもんだって」

ニコニコして、

「じゃあバスドラとスネアだけやってみようか」

諦めて返そうとしたスティックをまた渡される。

ドッタン、ドドタン
ドッタン、ドドタン
「おっ、スゲー！　出来たじゃん」

もう、この、褒め上手！　でもすっごい嬉しくって、ドキドキした。調子に乗って、右手のハイハットを入れたらまたバッヒバヒに。

「駄目だぁ、私、二つまでが限界！」

「大丈夫だって。手足バラバラじゃなくって、それぞれ一緒に叩く拍があるから、全部入れてゆーーっくりやってみ？」

ばちっと目が合った。薄茶の大きな瞳。この目に弱いんだな。

ずぅったん、ずぅずぅたぁん
ずぅったん、ずぅずぅたぁん
「ゆーーっくりだけど、出来たぁ！」

「その調子！　んじゃ、明日また続きね」

えっ、もう終わり？　振り返ったら、おんなじようにレクチャー待ち女子がいっぱい！

げっ、みんなこのふわふわ男子待ち？

名残惜しいけど、しぶしぶ立ち上がった。次に座った子にも、あの笑顔。目が大きいのに、笑うとウリウリ目というか、細くなって一気に親しみやすくなる。

あぁーん、もっと話したい！　明日も来よ？　すでに今日のレクチャー済みの由依と、誓いあった。

恋ってさ、この、気になってる相手のことを考えてるワクワクの時が超たのしくない？

ゲンメツした相手と、別れる気持ち満々のウチは、思った。

かわいいけど、なんかちょっと変わってる。だって男子って、何か知らないけど自分を渋く、硬派に見せようとするとこあるよね？　オレはお前に興味ないぜ、そっちから惚れろ、みたいな。イケメンに多いんだけど。あの子は、家電量販店の店員か？ってくらい、メッチャ笑顔で、ウェルカムで、あったかくって、そうしたメンドクサイ自意識、まるでなかった。なんか話してて、こっちがお客さんみたいな、大事にされてる感が、すごくした。家が商売やってんのかも？

ドラマのセリフみたいなきれいな標準語だから帰国子女？　いやいや、そんなのうちの学校、聞いたことないし。

まぁ、明日も行ってみよ！　覚えてもらうには、他の子より上手くなんないと。

家に帰って、YouTubeでドラムの動画を色々検索してみた。

…すごい。上手い人のって、本当に格好いい。ナナメ後ろから見たのなんて初めて。

今まで、ドラムって客席からほとんど見えないし、地味ー、損だよねーって思ってたけど、いいじゃん！　漫画本を並べて、即席練習キットを作った。ゆーっくり、ゆーっくり、なるほど、バラバラじゃないんだ。こうやって段々速くしていけば、トロいウチにも出来るかも？

スティックの先っぽをずっと目で追ってる黒猫のニャームが、コクコクうなずいてるみたいで、めっちゃ可愛い。「もう、おまえは～」　抱っこしようとしたところで、コンコン、ノックはしたけど、ほぼ同時にママが部屋に入ってきた。意味なくない？

「ちょっと、菜箸知らない？　アッ、やっぱり。なんかキッチンでゴソゴソしてると思ったら」

「あー、ウチのスティック返して！」

「ダメー！　今から使うんだから。何やってんの？」

「へへー、部活の練習」

「おっ、めずらしい。入るんだ？　帰宅部って言ってなかった？」

「いいの。試しにやってみる」

「ふふん」

「何その笑い」

「またイケメン見つけた？」

「またって何よ」

「まっ、がんばりな。もうすぐごはんだよ」

「はぁい」

ハタチでウチを産んで、大学を辞めちゃったママ。結構いい大学だったのに、もったいない。ウチなんか絶対入れない、きっと。

女って損？　ママを妊娠させたそいつは、大学生活を謳歌して、今じゃわりといい会社の部長なんだって。パパなんて呼びたくないけど、認知してくれてて、定期的に養育費も送ってくれているらしい。ママも働いてるから、贅沢は出来ないけど、そんなに困らないで暮らせてる。

いつか、ママがウチを産んだハタチになったら、顔見に行ってみようかな。

女は損、なんかじゃない。

だって、子どもを産めるってすっごいじゃん。

子どもが出来るのだって、当たり前じゃない。無事に生まれるのだって、奇蹟。

だからHって、セックスって、本当はすっごく神聖なものなんだって思う。

エロと絡み合ってるから、ちょっとややこしいんだけど。

なんでも話せるママは、ウチが中学に入ったときに避妊について色々詳しく教えてくれた。際どい話もあったけど、正しい知識って絶対必要。授業でも、もっとしっかり教えたらいいのに。

男は妊娠しないもんね、結局は他人事だもの。他人事じゃなく、自分のことのようにウチの体のこと考えてくれる人じゃないと、ウチは絶対結婚しない。でもそんなの、なかなかいないよね。宝くじに当たるようなもん?

いつかの話を思い出した。

「ママはね、若くて、無知だったから、避妊に失敗したんだ」

「なんでウチ産んだの?」

「そりゃあ、出来たら産むでしょ、自分の子だもの」

「学校は?」

「大学だから、あとからでも行けるし。行かなかったけどね」

でもホントは、勉強好きなの知ってんだ。しょっちゅう何かの資格の勉強してるし、何の問題聞いても、ソッコー答えてくれる。

「もう少しでごはん出来るからね、出ておいで」

「はぁい」

膝に乗ってきた、ニャームを抱き寄せた。

ニャーム

ニャームと出逢ったのは、2年前のある肌寒い秋の日の帰り道。住宅街を抜けて、公道に出る前の、細いけもの道。

小雨が降り出して、傘をさして乗るのが下手くそなウチは、自転車を引いて歩いていた。草むらに何かいるなぁ？と思ったら、「シャー！」という声と共に、小さな真っ黒い仔猫。

オイオイ、ちっこいくせに威嚇してんのかい？と思ったら、違った。声が…嗄(か)れちゃったんだ。一生懸命泣いてるのに、「シャー！」しか出ない。まま、まま、だれか、たすけて。おなかすいた。たすけて。

まっすぐ目を見て、話しかけてくる。

マズイ、これは。抱いたらおしまい。手放せなくなる。

ウチみたいな、部屋も片付けられない、だらしないJCのとこ来たってシアワセになれないから！

いったん振り切って公道まで出て、信号を渡ろうとしたウチは、雨がさっきより強くなってきたのに、気が付いた。ダメ。あんなにちっこいのに、こんな雨に打たれたら死んじゃう！

カッパのフードをかぶり直してけもの道に戻ると、小さな道の真ん中に、ピシッと座って、ウチを待っていた。前足なんか揃えちゃってさ。

見捨てて逃げようとしたウチの足元に寄って来て、小さいオデコでグッと押してきた。押されたふくらはぎが、小さな丸い水のハンコを捺されたみたいで冷たくて、気付くとなんでか泣きながら、体育で使った厚手のタオルに黒い仔猫をくるんで、抱っこしていた。足が泥々で、汚な！

でもそんなことより、あまりの軽さにショックを受けた。まるでタオル以外何も持っていないみたい。

タオルに全身をくるんで、顔だけ出して、チャリの前かごに乗せ、家まで猛スピードで走って帰った。

お願い！　飛び出さないでね、いい子にしてて。

ウチが自分とママのこと以外でこんなに必死になるなんて。すっごいな、お前ー。

一人っ子のウチに、守るべきものが出来て、仔猫に居心地の良いスペースを作りたくて、いつもやりっぱなし、出しっぱなしの悪い癖が直った。

あの雨の中、一瞬でウチの心を惹き付けた魅力。Charm（チャーム）、うーん、ネコだから、ニャームに決めた。

その日から、家族になった。

女子あるある

小5の後半から小6にかけて、女子に仲間外れにされていた。なぜかわからないけど、言われたのは、男子と仲が良かったから？

目立っちゃイカンのだな。ちっちゃい頃からのノリで、男子とワッハッハって面白い話を共有してたら、男好き、って言われた。だって、こと笑いに関したら、男子の方がセンスあるやつ多くない？

昨日まで楽しく一緒に遊べたのに、たった一日で、まるで透明人間になったかのように無視されるのが信じられなかった。アレ？　これってウチのこと見えてないんかな？　鏡に映ってるか、トイレに思わず確認しに行ったっけ。

映ってる。いるやん。ホッとしたと同時に、みんなは、心の中からウチを仲間じゃないって消したんだ、と気付いて、それは本当にキツかった。

ここにいるよ。

勝手に消さないで。

意地クソ悪いやつは確かにいるけど、みんながみんな意地悪じゃないはず。

話しかけた時に、思わず普通に喋ってしまった（くれた）子一人ひとりに手紙を書き、一人きりの時を待って話し掛け続け、どうにか卒業までにボッチの状態から脱した。

脱したけれど、ウチの心には深い傷痕が残り、友達を信じるのが、怖くなった。信頼が大きいほど、裏切られた時のダメージも大きいから、友達に対する期待値を、下げた。

①クラスの実力者（人望、容姿、発言力、人気）と仲良くしておく
②誰かの好きな人には近づかない
③共感、大事

苦しい経験から3つのコツをつかんだウチは、中学ではもう苛められることはなかったけれど、女子に対してすごく気を遣うようになった。
①誰がカーストの頂点にいるのか、気をつけて見定め、積極的に自分から関わりに行った。
②仲間になった子達の好きな人をチェック、褒めるけれども、なるべく近づかないように気をつけた。異性が絡むと恨みが深い。
③カワイイ、キツイ、キライの3K、共感大事。
それ、かわいい！

今日は朝晩の気温差おっきくてキツイなぁ。

生理痛、ツラいよね。

あの先生、ムカつかない？


そう、女子って、共感を重視する生き物。

3Kの共感の数が多いほど、仲間は増えるし、信頼も得られる。

そんなにピンとこなくても、とりあえず褒めとくし、気温の変化なんか全然平気でも、繊細で辛そうな子に調子を合わせる。生理痛なんてほとんど無いのに、憂うつだよねぇと笑ってみせ、ホントは好きな先生でも、難癖つけてディスったり。

自分の考えなんて、ウチが何が好きかなんて、どうせみんなそこまで興味ない。

ゲームみたいに、人の中でうまくやること、そればっかり考えていた。

だからたまたま、好きなものが一緒だったり、気持ちを本当に共有出来たりすると、いつもとても嬉しかった。

友達の数は増え、カーストもどんどん上位になっていったけど、ウチの心はいつも淋しくて、そして、絶対にヘマをしないようにと、怯えていた。

でも、きっと淋しいのってウチだけじゃない。みんな多かれ少なかれ、周りに合わせてるよね、きっと。そう思うことで、心の平穏を保ってきた。本当は小さい頃みたいに、なんのわだかまりも気遣いもなく、ただただ一緒にいるのがたのしい！って、ふざけあって、ゲラゲラ笑っていられたら。男子ってそういうの、女子より自然に出来てる気がする。面と向かってからかったり、きわどい喧嘩もするけど、肩組んでバカ話で笑い合って、なんだかんだ仲良し。次の人生は、男子になってみたいなぁ。

男子仲間

次の日の朝、あの子に会えないかなぁと、いつもより少しだけ早く家を出てみた。バス停の周りでは見かけないから、学校の近くに住んでるのかな。それとも歩き？

…と、歩いてる歩いてる。シーナくん発見！

あれ？　なんでサイトーと一緒？　保育園から一緒の、めっちゃ脚の速いサイトー。

ん、この二人の後ろ姿、何か見たことある。

あ！　サイトーとよく中学のときつるんでた、あのかわいい子だ！

なんで昨日わかんなかったんだろう？　あの子ってあんなに身長あったっけ？

おっきくなったんだね。そういえば声は意外とハスキーだった。

バス停を越えて歩いて行く二人を見送り、今日は声を掛けるの、諦めた。

もしかしてサイトーと毎朝一緒かも？　明日こそ！

急いでバスに、飛び乗った。

姐御

「おー、マユ、ギリギリじゃん!」

バスの一番後ろに陣取った、ウチの仲間、姐さんって感じの山口綾。長身で、眼光の鋭い美人。パッと見コワモテな感じだけど、虫が大嫌い(笑)。肩にとまったカナブン取ってあげて、仲良くなった。小さい頃男子の友達が多かったせいか、Gのつくアイツ以外は、大抵大丈夫なウチ。

ん! いいこと考えた。アヤはたしかカラオケ上手かったよね。

「ねー、アヤッチ、ウチとバンドやんない?」

「は? アタシ楽器何も出来ないよ」

「歌、めっちゃ上手いじゃん」

「そう?」

すぐ顔に出るとこ好き。嬉しそう。

「由依とバンドやるから、軽音で。ボーカルやってくれない?」

まだろくに叩けないくせに、すっかりヤル気満々のウチ。

「んー、考えとくわ」

「よろしくぅ！」

まんざらでもなさそう。キマリ！

これでもし、シーナくんが軽音部じゃなくただの助っ人だったら、ウケる。でもウチは、ちょっとドラムを、頑張ってみたかった。

SWEET EMOTION

楽しみにしていた放課後、クラスの係の打ち合わせが長引いて、少し遅れて今日の集合場所の視聴覚室に行った。シーナくんのドラム・レクチャーはもう終わっていて（ショック！）、吉田部長（g）と亀井先輩（dr）とシーナくん（b）の三人で、入部希望者向けにデモンストレーションのミニ・ライブが始まるとこだった。

「マユ、遅い！」

由依とアヤが取っててくれた席に滑り込み、ドキドキしながら開始を待った。

「それじゃ1曲だけ、エアロスミスの『Sweet Emotion』、演(や)るね」

吉田部長が顔に掛かったロン毛をかきあげながら、(ワン、ツゥー）とカウントを取り、シーナくんのベース・ソロで曲が始まった。

てか、シーナくんて、ドラムじゃないの？　ベースも弾けんの？　えぇー、カッコよすぎ！　左足でリズムを取りながら、地の底から蠢く感じの妖しいフレーズを弾く彼。無表情で気怠い感じが色っぽくて、普段のニコニコ顔とのギャップがすごい。

いきなりサビから始まって、タイトルの『Sweet Emotion』のフレーズを三人でハモりながら、ドラム、ギターの順に入っていく。ドラムが入った処で、ゾクゾクした。あぁ、やってみたい。普段と違う嗄れ声で吉田部長が歌い、すぐにギターとベースのリフレインが入って、同じリフの繰り返し。あんまり聴いたことないタイプの曲だけど、独特の雰囲気に引き込まれる。カッコイイー。ギターとベースのノリ、頭の振り方が一緒。ヘドバン（ヘッドバンキング）って言うんだっけ。シーナくんの髪が、窓から入る日差しにふわふわ揺れて、綺麗！

全員ユニゾンでガンガン強めのフレーズを奏で、再び冒頭のサビに戻る頃には、ウチはすっかり魅了されていた。ヤバイ…。

隣のアヤが、腕をギュッと掴んできて、目が合った。（ねっ、ヤバイよね、これ）

うわ、どうしよ。ライバルにならないといいんだけど！

デモ・ライブの後で話したら、アヤは、

「吉田部長カッチョいい！　あたし、軽音入る！」

そっちかい～！　よかった、被らなくて。由依はもうシーナくんファンだけど、野球部のカレがいるもんね。

「ロン毛って苦手じゃなかった？」

「好きになるとね、その人だけは例外なんよ」

さっすが姐御、イイこと言うじゃん。

あんなにドラムが上手なのに、シーナくんはベースで他のメンバーを募集してるらしい。

くっそー、ウチらはあとギターがいればいいから、ギターだったらソッコー誘うのに！

あとで、エアロスミスの『Sweet Emotion』を調べたら、ウチのママが生まれる前の1975年の曲で、びっくり。そんなに古く感じなかったな。

歌詞がちょっと、意味深でHだった。Sweet Emotionて、その手のスラングなんだ。邦題がまた、そのものズバリ「やりたい気持ち」って、吉田部長、オイ。

あのベース・ソロの妖しい感じはそのへんの表現？　シーナくんは古い洋楽オタクらしいから、部長に声掛けられても直ぐ出来たんだなぁ、きっと。とりあえず、軽音にシーナくんがいることはもう間違いない。あぁー、かっこよかった。練習がんばろ！

スマホが鳴って、拓斗からLINEが来たのがわかった。気になるけど、少し、放置。

ウチがキスより先のガードが固いのがわかると、徐々にイライラを募らせていた拓斗。

そのうちきっと、諦める。だって、お互いの信頼感がないと、そこから先には進めない。

そこを急ぐのは、ウチが好きなわけでもなんでもなく、つまりはSweet Emotion、だよね。

由依が、ウクレレを習っていたという香織ちゃん（カオリン）を見つけてくれて、どうにかバンドの形は整った。ウクレレとエレキじゃかなり違うから不安だったけど、直ぐにコードが弾けるあたり、カオリン、当たり！　1年の中でも比較的はやくメンバーの揃ったウチらは、早速部長と顧問に挨拶を済ませ、活動を開始していった。バンド名もアヤの思いつきから決定！　鶏のささみが好きだからSASAMI？　なんか、そういう感じの女子バンドいたよね、SHISHAMOだっけ。

何から始めたらいいのかわからなくて、皆でSHISHAMOのバンド譜買って、練習を始めた。家での練習を頑張って、コツを掴んだウチは、シーナくんのドラム・レクチャー二回目で、

「おっ、もう基本出来てるじゃん、卒業♪」

って、えー！（泣）　しまった、頑張りすぎた。

あれから朝もなかなか会えなくて、ゆっくり話すきっかけが掴めない。クラスも、ウチは音楽で、シーナくんは美術選択だから、別な棟で普段もなかなか会えない。

うーん、どうしたら…、考え込むウチに、

「マユ、シーナくん、さっき音楽棟来てたよ」

由依が教えてくれた。

「えっ、ウソ！　もう帰っちゃった？」

「なんかキョロキョロして、誰か探してたみたいだけど、すぐに帰っちゃったみたい」

誰を？　まさかウチじゃないよね、違うちがう。ウチも探されたーい！

放課後の部活が、待ち遠しかった。

何者？

今日も集合は視聴覚室。ウチらはもう決まったけど、まだバンド組めてない人たちも結構いて、先輩たちが掛け持ちで入って下さったり、色々相談会的な？

最初はシーナくん効果でドラム希望者が多かったけど、徐々に落ち着いてきた感じ。

「そういえばマユ、軽音に来なかったけど、一人めっちゃドラム上手い子いたんだってよ？」

「えっ？　シーナくんより？」

「わかんない。吉田部長情報」

ふっふっふ。嬉しそうに微笑むアヤ。すごいな、早速部長とお近づき？

シーナくん。

いっぱい誘われてるのになかなかバンドに入んないのはなんで？

机に腰掛けて、スティックくるくる回してる。

「おっ、来た！」

吉田部長の声でみんなの目が入り口のドアに集まった。

色白で、ショートカットのかわいい子。

皆が一斉に見たせいか、頬がサッとピンクになった。えっと、たしか1組の…。華奢な肩に、やけに年季のはいったスティック・ケースを掛けている。コレってもしかして！

床に落としたスティックを拾って、シーナくんが彼女を見つめている。

いつもクールな吉田部長のテンションの上がりっぷりから、彼女がただの新入生じゃないことがわかった。アヤに目配せしたら、ウンウン、たぶんソレソレ！　目で語ってきた。

「やっぱウチ来る？　やった！」

微笑む彼女に、吉田部長のガッツポーズ。

「おーい、ちょっと皆聞いて。まだドラム決まってないとこ…」

「はーい、ハイ！　俺っ、臼井さんとやりたいです！」

被せぎみに手を挙げるシーナくん！

みんな笑ってたけど、「ヤりたいです！」と聴こえた衝撃で、ウチは顔面蒼白に。

えぇ～！　この子にSweet Emotion？

しかも、ウチらの音楽棟の子なのに、なんで名前知ってるの？

帰りも、少し早めに出た彼女を、シーナくんが追いかけていき、一緒に帰って行った。

どこにも入らなかったのは、あの子を待っていた？

帰る前に、ドラム、ちょこっと叩くとこ見たけど、めっちゃ上手かった。何か、音のキレがちがーう！　同じドラムじゃないみたい。

部長（g）のアドリブにも、サラッとついていけるセンス。

何者？　この頃そこそこ叩けるようになって、調子のってたウチは、思いっきりへこんだ。

「なに、どうしたん？」

帰り道、口数少なく呆然と歩くウチを、SASAMIのみんなが慰めてくれた。

こういうとき、すぐ顔に出ちゃうのがウチの悪いクセ。ポーカーフェイスとか、絶対無理。

「シーナくんが…」

「あはっ、なんかガッツいてたね。あんな必死なとこ、初めて見た」

「ううー」

涙ぐむウチの頭を、由依が優しく撫でてくれた。

「アヤ、よしなって。マユがショック受けてる」

カオリンにも気付かれた。

「マユ、ガチなんだ？　シーナのこと。なんかいつも目で追ってるなーって思ってたけど」

やっぱそうだよね、ウチの想いはダダ漏れ！

「ドラムで全然かなわないのは直ぐにわかったけど、シーナくんがあの子を見る目が！　まるでシーナくんを見るウチみたいで」

「ライバル登場かぁ、アタシら、みんな応援するよ？」

肩組んできたアヤ。心強いけど、彼女は結構やり方が強引だから、心配。練習室の予約とか、他のバンドから反感買ってないといいけど。

「ありがと。でも大丈夫。地道にアプローチするから、見守って」

「コクっちゃえば？」サラッとカオリン。

「やー、無理ムリムリ。ドラムのこと以外で、ほとんど喋ったことないんだもん」

「シーナって登下校よく歩いてるから、待ちぶせして捕まえたらいいよ」と、アヤ。

待ちぶせ、実はもう数回やってるんだけど。サイトーに取られちゃったり、勇気が出なかったり。

「うん、がんばってみる」

ダメで元々。ちょっとでも可能性があるなら、賭けてみたい。

バスが来て、みんなと一緒に乗り込んだ。


家に帰ると、ちょうど家に着いたくらいで、拓斗からLINE。この間もこんなタイミングだった。何か、見られてるみたいで、ヤだな。

やっぱり自然消滅狙うのは卑怯だよね、ちゃんと話さなきゃ！　でも、ヤなことはついつい先延ばしにしがち、ウチの悪いクセ。

「ミャオーン」

「ニャーム！」

とんっと、膝に乗って来てくれた。落ち込んでるとき、何か上手くいかないとき、ネコっていつのまにか、そばに来てくれる。ニャームがいてくれてよかった。やっぱり一人って、淋しいよ。

朝の勇気

何度かトライしてはやめ、やめては悶々として、でも今日、ウチはついに声を掛けてみることにした。

到着時間の下調べもバッチリ、SASAMIの皆にも、今日は歩く！　宣言をしたいた。

改札を、出て来た。

カバンを肩に担いで、やや大股にゆっくり歩く背中。今日も髪がふわふわ…

ハッ、見とれてる場合じゃない、声掛けなきゃ！

心臓の音が、外まで聞こえそう。

「シーナくん！」

きゃーバカ、声デカすぎ！　テンションＭＡＸで加減が出来ない。

振り向いた彼は、ちょっと驚いた表情。

「おはよう」

「おはよ。えっと、平野さん」

「名前、覚えててくれたんだ」

「もちろん」

ニコッと笑ってくれた。どーしよ、嬉しすぎ！

「一緒に行ってもいい？」

「いつもはバスじゃなかったっけ」

「うん、でも、今日は歩く」

「けっこう遠いぜ？　そんでもいいなら」

「いこいこ」

階段を下りて、バスターミナルを抜け、信号を渡る。暫く大通りが続くから、少し近寄って声を張らないとお互いの声がよく聞こえない。迷惑じゃなかったかな、ドキドキした。

「平野さんて何組？」

「4組。部活一緒だし、平野でいいよ」

ホントはマユって呼んでほしいけど。

「そっか？　じゃあ失礼して。平野のクラスに真紀っている？　八木沢」

「いるいる〜あの子面白いよね」

「だよな？　絶対スベんない。スベっても力わざで笑いまでもってく感じ」

「そうそう、執念に近いもん感じるね（笑）」

マキがかましたギャグの話題で笑い合った。

「サイトーとよく朝歩いてるね」

「佑（たすく）？　うん。別に約束はしてないんだけど週1回は会うかな。最寄駅も同じ、ランド前」

「仲いいね」

「ん。なんか気が合うんだ。クラスも一緒だし」

読売ランド前かぁ、ウチも引っ越したい〜。

道路に出て最初の角を曲がるタイミングで、さりげなく車道側に入れ替わってくれた。

こういうのって、地味に嬉しい。

「シーナくんてさ、いつもニコニコしてるよね、私へこむとすぐ顔に出るから、羨ましい」

「そう？　元々そういう顔なんじゃないかな。ニヤけてんじゃねぇ！　なんて絡まれたことあるし」

「あっ、でも真顔になるときあるよ。演奏してるときとか、トイレのとき。集中しないとね」

「えっ！　危ない」

「トイレ？」

「ニコニコしてウンコしてたらヤバイ奴だろ？　そんときゃ真顔」

そんな綺麗な顔してウンコって！

ヤバイ、ツボった。あはははははは、笑いが止まんないウチを、嬉しそうに見てる。

最初はガチガチだったけど、いつのまにかすごくリラックスして楽しくなってきた。

大通りを抜け、住宅街に入り、お互いの声がよく聞こえるようになった。

「バッグ、それいつも持ってるね」

「あっ、コレ？」

酷使して少しくたびれてきてて、恥ずかしいウチはサッと隠した。

「見してよ」

「やっ、見せるほどのもんじゃ」

「ねこ。真ん中の黒猫が、イカしてる」

「イカ？」

時々聞いたことない言い回しをするなぁ。

「あっ、ごめん。すごいイケてるってこと。体ちっちゃいのにヤケに鋭い眼光（笑）」

「もっとかわいくしたかったんだけど、なんせ技術がおっつかなくて」

「手作り？　すげぇ。猫、好き？」

「ウン。うちの猫がモデルなの」

「俺も、猫好き。今、いないけど」

色々訊いてくれて、ニャームとの出逢いから今までのヤンチャエピソード等、嬉しくなって夢中でいっぱい話してしまった。女の子の友達にもこんなに話したことないのに。

これが噂の、人たらし？　話題を変えなきゃ！

「シーナくん、洋楽詳しいんだよね、なんかオススメある？」

「俺が好きなのって、結構古いのばっかだけど。そうだな…、最近よく聴いてるやつで平野に合いそうなかわいい曲あるよ。〝Sixpence None the Richer〟の『Kiss me』」

「シックスせんす？」

「ハハッ（笑）。ペンス。『SHE'S ALL THAT』っていう20年位前の映画に出てきて、探したら結構よくて」

「映画も好きなの？」

「うん。よく観るよ」

今度一緒に行きたいなぁ、はさすがに図々しくて言えなかった。

「聴いてみる？」

戸惑う間もなくスマホとイヤホンを貸してくれた。

わ…あ…、すっごい爽やか。

透き通ったギターの音色、優しい声の、女性ボーカル。聴きながら二人で歩く道端の、畑の緑が、色濃く淡くサァッと風でさざめいて、朝の光でキラキラ眩しく見えた。一瞬、学校に向かっているのを忘れたくらい。

Kiss Me / Sixpence None The Richer（1997）

そう。今みんなと練習してるパンチのある曲よりも、ホントはこういう優しい感じの曲が好き。

いつもギャルっぽく武装してるウチの、全然柄じゃないけど。こんなかわいい曲を合いそうって教えてくれたのが、すっごく嬉しかった。なんか泣きそう。

「めっちゃ好きかも」

「よかった。曲名とアーティスト名送るから検索してみて」

話の流れでLINEのIDも教えてもらえた！

どうしよ、なんだか嬉しすぎて、情報量がすごくて、処理しきれない…胸がいっぱい。

学校近くの緩い坂を登ってバス停を過ぎたあたりで、由依とカオリンが歩いてるのが、見えた。きゃー！「ありがとう！　またね！」

キャパいっぱいいっぱいいっぱいで涙目になったウチは、嬉しさを伝えたくて、二人に向かって駆け出してしまった。変なヤツって思ったよね、きっと。でも、すごく嬉しくて…嬉しすぎて、ふわふわしてた。

「バスから見てたよ、よかったじゃん」と、カオリン。

「イイ感じだったよ~よしよし！」由依が頭を撫でてくれた。

「LINEも、教えてもらっちゃった」

大好きな二人と盛り上ってたら、

「あんまり調子のんない方がいいよ」

捨て台詞を残して、同じ軽音の女子二人が追い抜きざまにウチを睨んでいった。

「こわ~」

そっかー、ライバル多いよね、きっと。

そっと振り向くと、シーナくんはもう他の男子二人と合流して楽しそうに喋っていた。

あぁ、でも思いきって声掛けて、よかった！

教えてもらった"Sixpence None the Richer"は、すごくウチの好みにピッタリで、普段洋楽を聴かないのに、すっかりハマってしまい、夜、聴きながら寝るのが習慣になった。

こういう新しい出逢いって、なかなかない。今は何でも自分で買ったり選んだものに似ているものを、お店の都合でオススメされる時代だもん、気付くとどんどん世界が狭くなる。新しい世界の、ワクワクするものを知れるのって、すごくいい。

『SHE'S ALL THAT』も、観てみたくって、ネットで見つけた。学年で人気の男子が、自分が誘えばどんな子でもプロムクイーンに出来るか、っていう賭けの為に、アート系オタクの少し変わった女の子を誘う話。ちょっと少女マンガみたいな展開。ウチの予想通り、オタクの女の子はどんどん綺麗になっていき、『Kiss me』が流れるシーンの可愛さは、もう、圧巻☆　まさに、『SHE'S ALL THAT（彼女は最高！）』。当時オタクって言葉は、もうあったのかな？　自分の好きなものに真っ直ぐで、どこまでもマイペース。流行りものを追いかけず、誰に何を言われても、からかわれても、気にしない。自分の周りの小さな世界だけじゃなく、社会にも関心があって、ちょっとシャイだけど優しくて、頭も良くて。

嫌われるのを怖れて迎合しまくりのウチには、眩しかった。こんな風になれたらいいのに。

主役のレイニーを演じたレイチェル・リー・クックの、小鹿のような可愛いルックスと、清潔感のあるショートヘアが、軽音部に期限ギリギリで戻ってきたあの子、臼井佐和ちゃんと、なんとなくイメージが被った。

惚れちゃうなぁコレ。ウチも好きだもん。

勝ち目ナイじゃん。

なんとなく、付き合う二人って、並んだときにしっくりくる、独特のムードがある。

シーナくんとサワちゃんが帰る姿をみて、勝手に敗北感。

シーナくんとウチは、どんなだったんだろう。アイドルと追っかけ？　ズドーン（落）。

でも、いっぱい話を聞いてくれた。ウチが好きな感じの曲を選んでくれた。

ダメで元々。少しずつ距離を詰めていければ、チャンスあるかも。

嫌われるのが怖くて、いつもカレシや友達に合わせてた。でも、合わせてばっかりじゃ、自分なんてなくなっちゃう。だって、何が好きかって、その人そのものだもんね。

高校で、少々口は悪いけどやっと心を開ける友達が出来てきた。

少しずつ、自分出していこう。

宣言

LINEで、拓斗に別れを告げた。

ものすごく怒ってたけど、ウチが好きというよりは、プライドが傷ついて、怒り心頭って感じ。部下に会社を辞められて怒るブラック企業の社長みたいな。

格下のくせに勝手なこと言ってんじゃねーぞ的なことをいっぱい言われた。

短い期間だったけど、楽しいこともあったからホントは会って心変わりを謝りたかった。

でも、押しに弱いウチは、意に反してまた押し切られるかもしれない。付き合いが始まったときのように。


会うのが、怖かった。

ママにも話して、なるべく早く帰って来てもらうことにした。護身用に合気道を小3から小6まで習ってたけど、いざこうなると、極真空手かボクシングの方がよかったんじゃない？こんなとき、家族に男性がいないのって、本当に心細い。パパか、頼れるお兄ちゃんが家にいたらいいのに。お爺ちゃんでも弟でもいいや。こんなの、ママには言えないけどね、ゴメン。


別れる時期を、間違えてたんだ、今まで。

嫌がっているのに触ってくるとき、レジの時になったら急に一歩下がって、お金を払わされたとき、貸したお金をうやむやにされたとき、私の気持ちよりも、自分の見栄えばかり気にして罵倒されたとき、意見を言っても逆ギレして全く聞いてくれなかったとき、「大事にされてないなぁ」と感じて、つらいと思ったときに、離れるべきだった、自分のために。

ウチを守れるのは、ウチだけなのに、自分で自分を全然大事にしてこなかった、今まで。


これからは、自分も人も、大切にしていきたい。

優しくなりたい、もっと、もっと。

仲良し

日にちをあけて、今日もシーナくん待ち。

来た！　けど、今日もサイトーと一緒かぁ、ホントに仲良しだな。男子同士がわちゃわちゃじゃれてるの見るの、好き。和む。

サイトーは、よく見るとカッコいいのに、ズボン丈とか髪型とか、色々ザンネン。なんか惜しい。

さて、邪魔したくないから、バス乗ろうかな。

いいなぁ、ウチも男子になって肩組んだり、えーいって小突いたりしたーい！あの犬でもいいや。ぶつかりそうになって、撫でてもらってる。肩に留まるトンボでもいいし、なんならハエでもいい。叩かれたら本望だわ。

とにかく近くにいて、あの優しい笑顔を、ずっとずっと見ていたい。

送ってくれたオススメリストの中の、カーペンターズの、『Close to you』が、ウチの気持ちとシンクロする。

Close to you / The Carpenters（1970）

なぜだか急に鳥たちが現れる
いつもあなたの近くにいるとき
私みたい、きっと少しでも
あなたのそばにいたいのね

きっと小さい頃からモテたんだろうなぁ。

かわいい顔に、あの人懐っこさ。肌もキレイで、本気で女装でもされたら、絶対にウチの負け。

みんなが憧れる人って、自分のファンとは結婚しないよね。自分に夢中って、やっぱり重いというか、ある意味キモイもの、もし自分だったら。

すぐに付き合えなくてもいい。シーナくんみたいに、素敵になりたい。ドラム、がんばろ。

シスターズ

クラスが同じアヤと由依と、隣の3組のカオリン。

最近は、部活以外でも一緒の時間が多くて、なんか四姉妹みたい。いつも強気でハッタリのきく長女（アヤ）と、クールな次女（カオリン）、優しい三女（由依）。そして、イジられ役の末っ子（マユ）こと、ウチ。

きょうだいのいないウチに、心強い仲間が出来た。

新歓ライブのお知らせがあって、夏休み前の7月中旬に、先輩たちのオールスターバンドで1曲演ったあと、エントリーした1年バンドから、先輩たちが投票で1バンド選んで下さるという。選ばれたバンドは秋の文化祭の後夜祭ステージに出られる。軽音は人数が多いかららね、1年なのにもし出られたらすごい！

「シーナんとこメンバー揃ったらしいよ」

部長経由でいつも情報の早いアヤが得意気に語る。てか、もしかしてもう付き合ってんの？

「えっ、誰？」

「7組の佐久間」

「あー、あのチャラい奴。ギター弾けるんだ」

カオリンが笑ってる。

「えー？　バド部じゃなかった？」

由依も知ってるチャラさ。

「シーナに誘われて、路線変更。よかったじゃん、マユ。男女ユニットじゃなくてトリオになったよ」

バシバシ背中を叩いてくる。それはそうだけど…あのシーナくんが誘うってことは、相当上手いんじゃ？　シーナくんに一目置かれたいから、新歓ライブ、絶対負けたくなーい！

「エントリー、いつまでだっけ？」

「期限はないけど、先着5バンドまで」と、アヤ。

「もしかして、もう終わり？」

「待って。ヨッチャンに聞いてみる」と、スマホを取り出す。

「ヨッチャンて…、吉田良久。部長？」

姐御、なんて、手が早いの！　もうタメグチ。

「今、4バンドだって。シーナんとこが届出したばっかり」

「出よ？　やろうよ、みんな！」

自分の必死さに、笑えてくる。

「まだ通しで出来る曲、1曲しかないよ？」と、ニコニコ笑いながらカオリンが。

「マユが出たいなら、アタシがんばっちゃう」と、由依。

チラッとアヤをみたら、

「任して。私、何でも歌えるから」とウインク。ウインク上手く出来るのって、いいな。なんか、上級者。色んな意味で。ウチは絶対両目つむるか、口が開いちゃう。

「じゃあ、アヤ、お願い。ヨッチャンにエントリーの連絡入れといて？」

「オッケー！　あとで申請の紙、出しとく」

みんなで、ライブするんだ。なんだかわくわくする。忙しくなるなぁ。

ライバル

あれから、偶然を装って2回、シーナくんと一緒に登校出来た。昔、猫を飼っていたこと、小学生の妹さんがいること、自分のことをいつも気軽に話してくれて、ウチにとっては夢のように大切な時間。

でも、最初に一緒に行けた日にウチを睨んできた二人も、時々彼を待ちぶせしていて、タッチの差で負けてしまったり。

あぁ、モテる人の彼女って、こんなにいつもヤキモキしないといけないんかな？

病む。病むよ、コレ。

もう少しシーナくんがシャイだったり、取っ付きにくかったらいいのに。

なんせ、間口が広すぎる。ウェルカム過ぎて、モヤモヤする。

元カレの拓斗は、私がいても常にもっといい物件はないかってキョロキョロしているようなところがあった。向こうが不誠実なぶん、男子なんてそんなものかと思って、何か変な痕跡をみつけても、ガッカリはしたけどヤキモチを焼くほどではなかった、今までは。

私、拓斗のことを、本当に好きではなかったんだ。だってそう、女子に挟まれて歩く彼の、ふわふわの髪と広い肩幅を見るだけで、こんなにも胸が苦しくて、ザワザワする。


お願い、シーナくん。

そんなかわいい笑顔を、他の女の子に向けないで。

ニャームのピンチ

LINEが長いと重い。

よくＳＮＳで言われているように、シーナくんには、おんなじ部活の仲間、というスタンスで、言葉が、重たくならないようにいつも細心の注意を払った。たった3行に30分かかったこともある。

悩んで悩んで送るのに、いつも拍子抜けするくらいにすぐ返信してくれる。


「こんばんは。起きてる？」

「ねみー、けど起きてるよ」

「オススメリスト、ありがとう。全部好き」

「よかった。SASAMI は新歓ライブでる？」

「でるよ、ギリギリ間に合った」

「そっか、絶対負けねーから」

「ウチらだってｗ」

「ニャーム元気？」

「なんか、食欲がないの。今日も吐いた」

「いつから？」

「今日で3日め」

「毛玉吐いてる？」

「何も」

「病院連れてく？　消化管か腸に何か詰まってるかも」

「えっ、何それ。どうしよ」

「妹の同級生のお父さんがやってる動物病院でいいところがあるよ」

「どこ？　どうしよう、ニャーム！」

「生田駅の近く。今地図送るよ。明日朝イチで診てもらえるよう、俺電話しとく」

「ごめん。ありがとう」

「こっちこそ、明日は練習で、ついていけなくてゴメン」

練習なかったら、ついてきてくれるの？　優しすぎる！　カンチガイさせないで。

「毛玉、ウチが忙しくてブラシ、サボったせいかも」

「責めんな、自分。大丈夫だよ。飼い主だろ、しっかり守ってやって」


次の日、土曜日の朝にも関わらず急患扱いで早く診てもらえて、やっぱり大量の毛玉が詰まって腸閉塞(ちょうへいそく)を起こしかかっていたのがわかった。幸いひどい癒着はなくて、比較的簡単な手術で、入院も1週間〜10日くらいで済みそう。

「よかったね、もう少し遅かったら厳しかった」

先生のお話だと、命も危なかったってこと？

自分のことでいっぱいで、ニャームの大ピンチに全然気付けなかった。ううん、気付いてはいたのに、後回しにしてたんだ。あのときシーナくんにLINEしなかったら…そう考えたウチは、心底ゾッとした。

家に戻る電車の中、LINEでお礼を言った。本当は、会ってハグしたいくらい、感謝の気持ちでいっぱい。

「ありがとう！　やっぱり病院に来てよかった」

いつも直ぐ返事がくるのに、今日はなかなか既読にならなかった。そうか、今日はあの子と、佐久間と自主練か。いいなぁ、同じバンド。ウチのレベルじゃあ全然お話にならないと思うけど。

家に帰ってからも、スマホばっかり気になる。

ダメダメ、ずっとリプライ待ちとか、重いって。

忘れようとしても、気がつくとスマホ持ってる。

ヤバ。恋って、やっぱりビョーキだよ。病（やまい）！

夕方6時頃、LINEが入った。

「どうだった？」

ベッドから飛び起きてソッコー返信しちゃった。

「もう少しで、腸閉塞。ほっといたら大変だった！　本当にありがとう」

「そっかー、よかった！」

「シーナくん、ニャームの命の恩人」

「そんなん、いいよ。平野は、大丈夫？」

「えっ？」

「結果わかるまで、心配でつらかったろ。よかったな」

…そういうこと言う。胸がきゅっと詰まって、涙が溢れた。

自分の怠慢で、失われたかもしれない、小さな命。

なんでなんでなんで、この人って、こうなの。あぁ、語彙力足りない。こんなん言われたら、惚れる。

やっとのことで、返信した。

「ん。大丈夫！　ありがとう」

練乳いちご

ニャームが戻るまでの間、淋しさからウチはドラムの練習に集中することにした。早く上手くなって、余裕をもってケアしてあげたい。

うーん、やっぱり出来ない。何回練習しても、「結果発表〜！」の時のあのザーってていう
ドラムロールってやつが。教則本や動画を観ても感覚が掴めない。きれいに繋がらない。

スティック・コントロールが下手だから、速いテンポの曲だとすぐ疲れちゃうんだな。ウ
チが叩けないせいでみんながやりたい曲が出来なかったら申し訳ない。

早く来た部室でひとり、固まってたら、臼井佐和ちゃんが入ってきた。

んー、ほとんど喋ったことないけど、お互い顔は知っているので、声を掛けてみた。

「おつかれさまー」

「こんちは」

例の、年季の入ったスティック・ケースを肩から下ろして、佐和ちゃんが微笑んだ。あっ、
なんかホッとする笑顔。せっかくだから、上手い人に聞いてみようかな。

「臼井さん、ドラムのことでちょっと聞いてもいい？」

「いいよー、私でわかれば」

「ロールが上手く出来なくて」

持ち込んだパッドの上で、ウチのやり方を、まず見てもらった。

トテトテトテトテトテトテ…

ニコニコ笑ってる。きっと、変なんだよね。フンー、も少し早くかな？

トテトテトテトテテテテテ…

「プッ」

「あっ！　吹いた（笑）！　ウチのそんなにへんてこ？」

クスクスクスクス笑いながら、「ごめん、なんか、かわいくて」

自分のスティックを取り出して、やってみせてくれた。なめらかで美しい、そうそうコレコレ！

スティック捌きだけじゃなく、スティックを持つ彼女の手の甲と、腕の内側の白さに、目を奪われた。

しっろ！　色白とかそういうレベルじゃなくて、練乳とかホワイトチョコとか、とにかく白さの次元が違う。アヤのヨッチャン情報だと宮城出身だから、東北ってやっぱ日照時間が違うのかしら？

顔は日焼け止めをいつもつけてるけど、並んでスティックを持ったウチの手の甲が焦げパンみたいで、引っ込めたくなった。

「えっとね、多分持ち方」

「持ち方へん？」

「そんなにギュッてしっかり持たなくて大丈夫。人差し指と親指だけで、ちょっと軽く持ってみて」

「こう？」

「そうそう。叩くと反動でスティックが上がるよね？　それを生かして、先っぽを滑らせるみたいにやってみて」

「なるほど、細かく叩くのとは違うんだ」

タタタタタタタターーーー
パッドの上だからザーとはいかないけど、初めてそれらしく出来た！

「わー、出来た！」

すっごい嬉しい！

「パッドより、スネアヘッドの方が弾むからもっと簡単。すぐ出来るようになるよ」

「ありがとう！」

微笑んだ彼女は、グロスもつけていないのに、血色のいいあかい唇。ぱっちりした目の白目の部分が、子どものように澄んで薄青い。一緒にいるだけで、嫌なものが出ていく、浄化されるようなこの感じ。シーナくんと似てるんだ。

「臼井さんって」

「サワでいいよ」

「サワちゃんって、宮城から来たんだっけ？」

「そう。中2からこっち」

思春期真っ最中やん。

「すぐ慣れた？」

「うん！　こっちの人はみんな気さくで優しくて」

「よかった」

「あ、でも一つだけ」

「何？」

「こっちに来たら、鼻毛伸びるの早くてビックリした」

「鼻毛!?」

あはははははは、不意を突かれて笑いがとまんない。

「私ね、小6までコンビニも周りにないような田舎で育ったから、都会の空気に身体が馴染めなかったみたいで」

あはははははは、ダメだ、ツボッた。

「慣れるまで毎週鼻毛カットしてたよ、油断するとお母さんに『またバカボンパパなってる』言われて」

苦しい、やめて。ハァハァ（笑）。

「今はさすがに普通の速度」

真顔で淡々と話すのが余計におかしい。

「わかった、わかった。でも、川崎って、そんなに都会じゃないし」

「え？　都会だよー。電車すぐ来るもん」

なんかもー、やたらかわいい。ちょっと天然の、練乳いちご。好きだなぁ、この子。

ファン

考えられる限り恐らく最大のライバルなのに、ファンになってしまった。だってサワちん、可愛い。飄々(ひょうひょう)としてなんか浮かれてないところもいい。元々ウチは、女の子のアイドル・グループ見て、推しメン探すのも大好き。乃木坂にいたら絶対推すのに。

ウチの高校は、公表はされてないけど、音楽選択（1組−4組）、美術選択（5組−8組）で、それぞれ数の若い方から入試の成績順って噂。だって、顔ぶれが…1組ちょっと凄いもの。その中にサワちんもいる。きっとアタマもいいんだ。ウチは4組ってヤバくない(笑)？

シーナくんとサイトーは5組かぁ、きしょー、アタマまでいいのか。いったい彼に、何ブツ与えたら気が済むの、神様。ずっとずっとファンでいるしかないんだろうか。神様、下々の者にも、どうかどうかチャンスを。

バンド名

「バンド名決まったらしいよ」

「どこの？」

「マユの好きなシーナのトリオバンド」

アヤがまた部長からの情報をくれた。

「何て？」

「3S（スリーエス）」

「めっちゃシンプル（笑）」と、カオリン。

「もしイニシャルだったら、私、入れる〜」と、清水由依。

そっか、椎名くん、佐久間に、佐和ちゃんか。

「いいな〜なんかカッコいい」思わず呟いたら、

「悪かったね、SASAMIで！」とアヤが笑う。

そんなにスタイルがいいのは、鶏のささみが大好きだから？

「私らも自主練しない？　てか、その前にそろそろ曲決めよっか」とアヤ。

「明日、ミーティング兼ねて久々にどこか遊びに行かない？」

珍しくカオリンが提案。

「私、映画行きたい。誰かイケメンが出てるやつ」と由依。

映画…シーナくん好きって言ってたなぁ。映画館なんて最近全然行ってないけど、予告編で何か面白そうなのが見つかるかも。

「のった！　映画行こ？　映画！」

「なに、マユ、やけにノリがいいね」とカオリンが小突いてくる。

「いいね、映画。塩バターポップコーン食べたいわぁ」

アヤがのってくれたら決まり！　ああ、楽しみ。

映画館

由依の好きなアイドルが出てる映画は朝と夕方の二回だけで、みんなで朝の9時10分の回に決めた。待ち合わせはイオンシネマ新百合ヶ丘の売店前現地集合、8時30分。

シーナくんを映画に誘いたいウチは、下見を兼ねて少し早めに来ていた。久々の映画館は、グッズの探索やロビーで次々観られる大きな画面の予告編ビューイングも楽しく、わくわくした。

みんなと一緒も愉しいけど、これがデートだったらなぁ。最後に拓斗とデートしてからもうずいぶん経つけど、いつも行きたい場所とか聞いてくれなくて、相手任せだったな。

想いに耽っていると、カオリンが来た。

「よっ、早いね」

「へへー、張り切っちゃった」

「次回の、下見？」

ヤバ、この子にはいつも見透かされちゃうなぁ。

「うん、まぁ」

「応援してるから」

「ありがとう」

誘う勇気なんてまだないけど、いつか好きな人と来れたら。

「おーい、いたいた」

アヤと由依が一緒に来たぁ。

「早くポップコーン並ぼ！」

めっちゃポップコーン好き、アヤ。

「その前に私、トイレ〜！」

いつもトイレの近い由依。一気に賑やかになって、みんなでワヤワヤ喋るのは、ホントに楽しかった。

そう、あの二人を見つけるまでは。

ポップコーンとドリンクを持って、チケットチェックの列に並ぼうとしたとき、ちょうどチケットをチェックしてもらっている、青いペアのパーカーを着たカップルに気付いた。あのふわふわの髪。男の子のきれいな天パと長い脚を見てたら、隣でアヤが、「あっ！」と言った。彼女は声が、めっちゃ通る。振り向いた彼は、まさしくウチの好きな、彼だった。いつもの人懐っこい笑みを浮かべて、おぅ！と挨拶してくれたけど、隣にはあの可愛いサワちゃん。

お揃いのパーカー！

知らなかった。

もう付き合ってたんだ。

知らなかった。

ホントに？

知らなかった。

固まった私たちに怪訝な顔をしたけど、シーナくんは「じゃあな」と前を向いて、サワちゃんの手を引き、彼らの観るシアターに消えて行った。

手、繋いでた。

もう、決定的。

何コレ、惨め。

せっかく盛り上がってた仲間をガッカリさせたくない。

「ウチらも、いこか」

先に立って、チェックの列に並んだ。チェックしてもらい、シアターに進む緩い登り道が、斜めに歪んでみえた。ちょっとよろけて、カオリンに支えてもらう。

「マユ、大丈夫？」

「うん、大丈夫」

嘘をついた。本当はもう家に帰って、布団を被り、独りで静かに泣きたかった。


どんな内容の映画だったんだろう。コメディ？　恋愛もの？　ハッピーエンドだった？

なんだか全然ついていけなかった。エンドロールが終わり、アヤに肩を叩かれ、のろのろと立ち上がった。

ゆるい坂の通路を下って、明るいロビーに出た。眩しい！　なんだか来たときとは別世界な気がして、戸惑った。

「ひとりだけ別な映画観たみたいだよ〜」と茶化す由依を見て、自分が泣いていることに気付いた。

「やめな」アヤが睨んで、「ごめん」と、由依。

由依は悪くないよ、気持ち、駄々漏れでホントにゴメン。

「あー、ウチ、今日ニャームを病院に迎えに行くんだった」

バレバレの嘘。

「一緒に行こうか」と、カオリン。

「ううん、大丈夫。ミーティング、ごめん。みんなで曲決めといて？」

笑顔をつくり、返事を待たずに、独りで階下に降りるエスカレーターに向かった。

ごめんごめんごめんごめん、みんな。せっかくの楽しい気分がウチのせいで台無しじゃん。子どもか？　自分にツッコミを入れながらも、同情されて気を遣われるのも、平気を装って楽しいテンションを保つのも、どっちもウチには無理だった。

致命傷。すごくお似合いの二人の姿が、ウチの心を撃ち抜いた。なに、この、衝撃。本当に、すごく自分でもビックリするくらい、シーナくんのことが好きだったんだ。どれだけ徳を積んだら、彼みたいなひとと付き合えるの？　来世？　そんなのやだ〜！

下を向いて歩きながら、涙がなかなか止まらなかった。

駅に着き、少し落ち着いて、電車に乗ったら、快速急行だった！　ウチの百合ヶ丘には停まんないやつ。いいや、と降りずにそのまま次の駅の登戸まで窓から外を眺めた。

シーナくんが住んでる読売ランド前、ニャームのいる生田、ウチの住む、小さな世界、実らなかった恋。んー、なんかウチ浸ってるわ、キモ。自分にダメ出しして、登戸で降りた。

いつかママと一緒にお昼を食べた、駅ビルの上のHOKUOカフェに上がって、改札を見下ろせる席に座った。ここからの眺めが好き。改札から流れ出てくるたくさんの人たち。おんなじように失恋してボロボロの人、いないかな。ハッピーでも、そうでなくても、それでも人生は続くんだ。

ん、LINEがきた。SASAMIのグループのやつ。

綾：ヤッホー！　ブロークン・ハート！
香：こら、無神経！　マユ、平気？
真：ww！　ありがとう。だいぶ落ち着いた

思わず吹いた（笑）。笑いにしてくれるの、ホントに助かる。

由：帰っちゃって、淋しかったよ
真：ゴメン
綾：私がいるジャン
由：アンタじゃ癒やされない

綾：ハァ？
香：まぁまぁ
香：残念だったね、てっきりうまくいってると思ってた
真：ウチも、LINEも教えてくれたり、結構期待しちゃってた
綾：何ソレ。期待するよ、あったり前じゃん。やっぱ椎名、アイツ、チャラい！

ヤバ、アヤがキレると厄介。

香：あの子が来てから？
由：そーだよ、マユいい感じだったのに
綾：もし、軽音に来なかったら、うまくいってたかもしれないよ？
真：そんなの…わかんないよ。現にサワちゃんはいるんだし
綾：んー、私に任しといて♪まだ諦めんの早いよ
真：諦めちゃいないけど…。でも無理め

軽音に来ても、来なくても、きっと結果はおんなじ。サワちんには勝てん！
シアターの奥に消えてく二人。すごく素敵だった。悔しいけど。

おかえりニャーム

次の日の日曜日、午前中の約束だけど、ケージを持って朝イチ9時30分にニャームを迎えに行った。

久々の再会。嬉しくてうれしくて。ネコは、犬みたいにメッチャ笑顔ってしないけど、眩しそうな、懐かしそうな、なんとも言い様のない、トロンとした眼で、優しく見つめてくれる。

ごめんね、うかつな私を許して。これからもしっかりお世話をするからね。

シーナくんに感謝。でも今日は、LINEはしない。

家に着いたタイミングで、また拓斗からLINE！　やだやだ、ホントにどっかで見られてるみたい。

やっぱり怖いから、会わない。

テストとか色々理由をつけて、ひたすら断った。近所に住んでないのが、救い。

なんでウチに執着するんだろう？　全然大事にしてなかったくせに。意見が食い違ったとき、ぱんって頭をはたかれたこともあった。今だからわかるけど、デートDVだよ、それ。

男子は、付き合う相手しか、下の名前で呼ばないことにしていた。

他の男子とは違う、というウチなりの掟。

でも、「好き」の気持ちがなくなったら名字まで忘れちゃった！

なんだっけ？　もう下の名前で呼びたくないのに。

進藤、安藤、遠藤、うぅーん、違う。何藤だっけ？　うわ、自分の薄情さに、ちょっと引いた。

きっともう、早く忘れたいんだ。

練習と待ちぶせ

マズイ。寄り添う二人を見たくなくて、部活にいけない日が続いて三日め。さすがに他のメンバーもウチの様子がおかしいのに気付いた。

「ねこ、まだ調子わるいの？」

咎める感じではなく、由依が優しく聞いてきてくれた。

「ん、そろそろ大丈夫。明日から必ず出るから」

「あんまり来ないと、他のドラマー探しちゃうよーんって、アヤが言ってたよ」

「えっ、やだ。それは困る」

シーナくんに近づきたい不純な動機で始めたけど、たしかに育ちつつある、ウチのドラム愛。

「明日は、絶対に行く」

「わかった。今日、一緒に帰ろ？」

いつも優しい由依。ウチ、将来子どもが生まれたら、ゆいって付けようかな、名前。

色々話を聞いてくれて、ささくれた気持ちが癒やされた。そうだな、失恋でみんなに迷惑かけるなんて情けない。ライブも諦めたくないし、やることはちゃんとやろ！

「どーしよ、ウチのせいで練習遅れちゃったね」

「カオリンが、ドラムマシン持ってきてくれたから大丈夫。お兄ちゃんもバンドやってんだって」

「えー！　マジでウチ要らないやん！」

「だから、おいでって（笑）」

駅に着いて、バスから降りた処で、

「マユ、なんかあのイケメンがめっちゃ怖い顔でこっち見てる」

うっ、拓斗がいる！

「由依、そっち見ないで。ウチの元カレ」

「ほっといて大丈夫？」

「平気。このまま上に行こ？」

急いで二人で階段を上りながら、思い出した！　近藤拓斗、コンタクト。

ついに待ちぶせされるようになっちゃった。

由依が一緒でよかった。見栄っ張りでエエカッコしいだから、かわいい女の子の前では修羅場は絶対に避ける。

「明日から、みんなで一緒に帰ろ?」

「うん。ありがと、由依」

仲間がいてくれて、助かる。とにかく、なるべく一人は避けないと。

模擬ライブ

次の日、久々に部室に行けた。

「みんな、ゴメン。ウチの都合で三日も休んじゃって」

もう、平謝り。

「ニャンコもういいの?」アヤがギターを肩に掛けながら言った。

「うん、もう大丈夫。アヤ、ギター始めたの?」

「ヨッチャンが貸してくれて練習中。ツイン・ギターだとカッコいいじゃん?」

へえぇ、意外! アヤって、「私の代わりにトイレ行ってきて!」なんてふざけて言っちゃう位、超面倒くさがり屋なのに。好きな人に勧められるとがんばっちゃうんだ。

「けっこう筋がいいって言われてさぁ私、指が長いから」と、嬉しそうなアヤ。

「いきなりFコード押さえられるってすごいよね。でも、リード・ギターは譲んないからね」

と、カオリンがアヤにウインクした。

この二人が並んでギター弾いたら、凄い迫力だわ。どうしよ、頑張んないと置いてかれちゃう！

「アヤ、あれは？」

由依が聞いた。

「あぁ、明日。16時30分から、借りられそう」

「えっ、何？」

「明日、視聴覚室で、通しで練習やんの」

「えぇっ！　もう曲決まったの？」

そうだ、ウチ、みんなに決めてねって、丸投げしたんだった。

「そっ。ドラムマシンでやるから、明日だけ見学しといて。雰囲気掴めるよ、多分」

うー、せっかく模擬ライブ出来るのに。仕方ない、サボったのウチだもんね、しっかり見て聴いて、早く覚えなきゃ。

「わかったー。ありがと」

クビにならないだけ、マシなんだ。自分に言い聞かせた。

夜、家で決まった2曲の練習をした。

そのうちの1曲、『量産型彼氏』の歌詞が、今のウチとリンクして、辛すぎるー！

SHISHAMO／量産方彼氏（2014）

どうしてウチじゃダメなのかな。
理由なんてたくさんあるよ、わかってる。
ドラムが上手くて、可愛くて、おとなしいけどちゃんと自分を持っていて。
ウチの、「こうだったらいいなあ」を、持ってるサワちん。
彼女の登場で、全てが変わった。

ひゃーん、辛すぎる。
ニャーム～！
また、とんっと、膝に来てくれた。頬ずりしてくれた耳が、ほのかに日向の匂い。
どうしてウチじゃダメなのかなぁ。まだ告白さえしていないのに。
あっという間にカップルになった二人。
この曲を選んだみんなを恨む資格はウチにはない。乗り越えていけるかな。
短いけど、ドラムソロもある。とにかく曲の構成だけでも頭に入れとこう。

シーナくんにLINEしたいけど、もう人のカレシじゃLINEはできない。

人のカレシ
人のカレシ
この悲しみを曲に出来るような才能が、ウチにもあったらいいのに。
でも、それじゃあ歌うたびに切ないな。
曲を書くためにあえて失恋したこともあるって、テレビで言ってた人がいたなあ。
メンタル強すぎ。ウチには、無理。

ゲスト

模擬ライブ当日、少し早めにセッティングを手伝おうと思って行ったら、三人と一緒にサワちんが、いた。

「れれ？　どうしたの？」

「あっ、マユちゃん、大丈夫？　今日だけ臨時で手伝いに来たよ」

イヤホンを外して、サワちんが微笑んだ。

「大丈夫ってか、ウチのせいだから。みんなに迷惑かけちゃって」

おかしいな、今日はドラムマシンでやるって言ってたのに？　アヤが、目を合わせない。

「今日ね、他のバンドの子にも見に来てもらうんだ。せっかくだからゲスト呼んじゃった」

と、カオリン。

「ゲストって、サワちゃんにいつ頼んだの？」

「さっき」と由依。

ええっ！　そんなぶっつけ本番で叩けるもんなの？

「サワちゃん、大丈夫？」

「ウン。『明日も』は元々知ってるし、なんとかいけそう」

視聴覚室にはもう既に見に来る子たちが入ってるから、控え室がわりのこの小部屋で軽く打ち合せしか出来ない。えぇぇ、信じらんない。上手い人ってそうなの？　てか、もうセッティング出来てるとか、みんなやけに準備良すぎ。

「マユ、ちょっと」

アヤに呼ばれて廊下に出た。

「今日さ、2曲やったあと、あの景山センパイの伝説、再現するから」

「えっ？　あのヨッチャン（吉田部長）が言ってたやつ？　サワちゃんには言ってある？」

「もちろん！」

満面の笑みだけど、なんか企んでるような。

2年前の後夜祭で、軽音で一番上手い先輩が撤収のときにやったという、圧巻のドラムソロ。帰りかけた生徒がみんな戻ってきて収拾つかなくなったという。

「サワちん、よく受けたなぁ」

しかも、今日言われたんだよね。

アレッ？　アヤがどっかに消えた。

視聴覚室を覗くと、集まった部員の中に、シーナくんと佐久間も、いた。佐久間はニコニコだけど、シーナくんはなんか心配そう。そうだよね、急に彼女を連れていかれたら、なんだと思うよね。

えっ、なんだか人数増えてきた。緊張してきた〜。ウチは出ないのに。

控室に戻ると、みんなもうほぼ準備オッケー、いい緊張感が漂っていた。いいなぁ、ウチも出たかった。

「マユちゃん、がんばってくるね。早くよくなりますように」と、サワちん。

よくなるって、ハートブレイクのこと？　オイ、みんな、サワちんに何言った〜!?

ウチの心の叫びをよそに、みんなは続きドアから視聴覚室に出て行った。

ウチも、手伝いたいので、ついていき、仮設ステージの端っこに陣取った。

パッと見、ドラムのセッティングがなんかおかしい？　わかった、ハイハットが左右逆なんだ。誰これやったの！　あぁ、ウチがもっと早く来れば…。スネアの張り加減もちょっと変みたい、べこべこ。

でもサワちんは一切焦らず、冷静に位置を入れ替え、ヘッドを張って、極端に下げられたスツールをサーッと回して、ピタッと止めた。

シーナくんと佐久間が、心配して一番前まで出て来ていた。申し訳ない！　ゲストなのに、こんないいかげんなセッティング。

「はーい、みんなー！　ちょっとセッティングに手間取ってるけど、SHISHAMOのコピーバンド、SASAMIでーす！」と、アヤがご機嫌でＭＣしてる間に、サワちんはしっかり準備を終えた。

「サワちゃん、いい？」と、アヤ。

「オッケー！」微笑む、余裕。

『明日も』！

サワちんのカウントから始まった。まだ人前で叩いたことがないウチは、うわー、こんなにお客が近いのにみんなよく…と、ドキドキだった。

自信。根拠のない自信。いや、あるのかも。

ウチの仲間の三人は、いつも堂々としていてルックスも良く、自己肯定感が高い。

この良さがわかんないやつはセンスないいんだってば！ってなくらいの勢い。

そして…、ドラム。抜群の安定感。

「ドラムが上手いとバンド全体が上手く聴こえる、逆もまた真なり！」

ニコニコして聴いてるアヤの彼氏ヨッチャン（吉田部長）が言ってた言葉を思い出した。

ひぇー、サワちんと一回演ったら、みんなうちのテクにがっかりじゃない？

「ドラムが下手だと…」

ヤバイヤバイ、ホントにヤバい！

サワちんは結構早い曲なのに、汗ひとつかいてない。力の加減が上手いんだ。

みんなノリノリ♪

リズムがいいと、体が勝手に動く、この感じ。すごいな、ホントに。


シーナくん。

じーっとサワちんばっかり見つめてる。そりゃそうだよね。彼女だもの。


二曲目、『量産型彼氏』。この歌詞、マジでヤメテ。

途中の短いドラムソロが、なんか変則的なリズムを入れ込んで、アドリブかな、サワちん、カッコいい！　歌詞はあんまりだけど、でもいい曲だな。

終わった。すっごい盛り上がり。もっと聴きたいわぁ。

メンバーなのに、ファンみたいなウチ。そう、悔しいけど、ウチはサワちんのファンなんだ。

見つめてたら、目が合って、サワちんの唇が「オツカレー」と動いた、そのタイミングで、アヤが、

「ちょっと注目〜！　今から片付けを兼ねて、今日のゲスト臼井佐和さんのドラムソロ付きのドラムの解体ショーをやりまぁ〜す！」と叫んだ。

ヒュー！と歓声があがったけれど、サワちんは「え？」という感じでキョトンとしてる。

まさか、無茶ぶり？

振り向いたアヤが、ウインクした。何なの、いったい。

「オイ」

シーナくんがアヤに向かって一歩前に出てきたけど、サワちんとアイ・コンタクトして、うなずいた。

ってことは、打ち合わせ済み？

「始めていいの？」

サワちんの声。今度はアヤがビックリする番。

「えっ？　う、うん」の声は、サワちんのいきなりの連打にかき消された。

見えない。

速すぎて何をやってるのか、近くても全然見えない。

練乳いちご、本気出すの巻！

あんな小さな手で、あんな細い手首で、握力21って殆どウチと変わんないやん。

アヤにもらったメモの順番通り、由依がライドシンバルをスタンドごと下げた。

サワちんは普段からいつも在る、タイコとシンバルを全部使う。

タムタムのコンビネーションを高速で回したあと、一瞬ハイハットで8ビートを叩き、フロアタムで何かダンサブルなリズムを刻む。あっ、次、ウチだ、フロアタムの撤収。

パーツがなくなっていくにつれて、残ったもので組み合わせて繋いでいく。途切れることなく。サワちんの頭の中には、ずっと音楽が、流れているんだ。少なくなればなるほど、どう叩くかアイデアがないと、ごまかしがきかない。なんて過酷なの、この解体ショーって。

途中一回右手のスティックがすっぽ抜けて予備で繋いだけど、リズムが乱れることはなかった。

バスドラを下げるとき、上手いタイミングで脚を閉じたサワちん。スカートでやってたから、男子はドキドキじゃない？

アッという間にもうスネアだけ！　ウチに教えてくれたロールの超超速いヤツで最後ビシッとキメたサワちんは、何か言いたげな照れ笑いを浮かべ、ほんの少し自身の太腿を叩いたあと、立ち上がってスツールを運び、戻ってきてペコッと挨拶した。汗だく！　でも、白い頬が上気して、めっちゃかわいい。

なんだったの、なんだったの？　これって。

歓声の中、サワちんに駆け寄る3Sの二人。

残りの機材を片付けるウチらの処にシーナくんが来て、

「山口、ちょっといい？」

アヤに声を掛けて、二人で廊下を抜けて別室に入っていった。声を掛けられた時のアヤの顔が、わかりやすく「ヤッベェ」と萎縮していて、やっぱりこれは、ウチラSASAMIが仕組んだ、サワちんへの無茶ぶりだったのだと、悟った。

なんでそんなことを？

ウチのライバルだから困らせようと？　いやいや、ライバルじゃないよ、とっくに負けてるもん。

ドアが開き、シーナくんが勢いよく出てきて、そのまま医務室の方へ足早に歩いて行った。サワちんが手を怪我したみたい。続いて、困った顔のアヤが出てきた。

「何話してたの？」

「ゴメン」

「？」

「色々カンチガイしてた、やらかした」

アヤのこんな困った顔は初めて。

「いい話があるけど、それより何よりマユ、ごめん！」

「いい話？」

「二人、まだ付き合ってないって」

「ウソー！」

単純！　目の前に光が差した☆☆

「あと、ホントにゴメン！　椎名があんまり恐い顔するから、今日の無茶ぶり、マユのためって言ってしまった」

「えぇー、ウソー！」

どう聞いても、ウチがワルいヤツじゃん、ソレ。

「ごめ、やっぱ私、謝ってくる。マユは全然知らなくて、主に私が勝手にやったってこと」

「まてまて、いいよ！」

走り出そうとしたアヤを捕まえた。

「あの子、シャイだから、みんなの前で恥かいたら来づらくなるかな、なんて」

「わかった。もう、いいよ、それにサワちん、結構強いよ」

「ん、すごかったね。無茶苦茶な設定なのに、前から知ってるみたいだった」

「ありがとう。ウチなんかのために、色々考えてくれて」

「バカ！　怒るとこだよ、お人好し！」

アヤの目に涙。なんて言うんだっけこういうの。鬼の目にも…

「もう！」

嬉しくて、ハグした。

柔らかい。女の子って、いい香り。

シーナくんには嫌われちゃったかもだけど、ウチには仲間がいるんだ。じわじわと嬉しさが、込み上げた。それに、まだフリー！　カップルじゃなかった。

でも、あの穏和なシーナくんが、アヤがビビるくらい怒るなんて、やっぱりサワちんが好き？

自分の為に怒ってくれるなんていいなぁ…素敵。キュンキュンする。カッコいい〜！

アッ、ウチのバカ、ウチがその怒りの原因作ったのに。

添い寝

家に帰って、まずサワちんに謝ろうと思ったけど、やっぱりLINEじゃだめ、直接言おう。

ん、でもウチ、無茶ぶり知らなかったんだよな。なんて説明したらいいの？

シーナくんが好きで、サワちんが羨ましくて、二人がカップルだと勘違い、へこんだウチを応援しようとした仲間が、サワちんを困らせようと嫌がらせしました、ごめんなさい。

フンー、これじゃあ、勝手にヤキモチ焼いて、仲間を動員して嫌がらせした上に、仲間のせいにしようとする超イヤな女？

うわーん、事実をそのまま言っても全然信憑性ないよー！　やっぱヤナヤツなの？　ウチって。

ニャーム、助けて！

弱ってるといつも側に来てくれるのに、今日は知らん顔して顔洗ってる。

ん…！　これは逆に、大丈夫の合図。ニャームがウチを心配しない時は、いっつもウチの取り越し苦労。ホントかな？　ウチの想像だと、高校入ってからの最大のピンチなんだけど。

大好きな二人に、嫌われてしまったかもしれない。もう前みたいに話すことは出来ないかも。

謝りたい↓でもどうすれば？↓きっと嫌われてる↓でも、謝りたい

無限ループ！

胸がいっぱいで夕飯が食べられず、皆でミスドで食べてきちゃったと、ママにウソをついた。食べる資格なんか無いような気がした。

さすがにお風呂のあとお腹がすいて、ループ続行のまま、早めにベッドに入った。

普段は寝床に入ってこないニャームが入ってきて、枕に一緒にアタマを乗せてきてくれた。

ネコの寝顔って寝顔って…。

こんなに安らかで心地よくって、この世のつらいこと全部ナシにしてくれる寝顔って、あるかな。

誤解されても、しょうがないじゃない。誰にも迷惑なんか掛けたくなかったけど、ウチには、それしか、ウチの生き方しか、出来なかった。

結果、誰かに悪く思われても、どうにも出来ない。一生懸命生きた結果だもの、自分で全部、受けとめる。おやすみ、大好きなニャーム。

続・朝の勇気

あぁ、昨日から、ループ続行中。うまく説明出来ないから、説明は諦めて、取りあえず無茶ぶりを謝ろう。もうすぐライブなのに、大事なドラマーに無理させて、手の平にけがさせちゃって、しかも理由がヤキモチって！　もー、恥ずかしくって泣きたい気分。

声を掛けても、無視されたり知らんぷりされたら？　ただ話せるだけでもシアワセだったのに！　そんなんなったら立ち直れるかな…。

今まで何回か会えた時間に来てみたけど、今日は彼をなかなか発見出来ず、きっとウチに

会わないように避けているんだ…と、悲しくて涙目になりかけたとき、

「よっ、おはよ」

「わっ！」

目の前にシーナくんが現れた。ひーっ！

「なんだよ、わっ！て。人をお化けみたいに」

恐るおそる見上げた彼の顔は、いつもの柔和な笑顔だった。アレ？

「怒ってるよね」

「ん、山口から少し話聞いた。…けど、怒ってないよ」

「ホントに？」

「歩こうぜ」

怒ってない？　どうして？

ターミナルを抜け、道路に出て、何度か一緒に通った町並みを並んで歩きながら、ウチは彼の次の言葉を、待った。

「「あの」」

しまった、モロ、被っちゃった。

「先どうぞ」

「やっ、そっちから」

「…サワちゃん、困らせてゴメン」

「あの、変なドラムのセッティングも、そう？」

わざとかな？　みんな間違えたのかな？　うー、でも多分…

「そう。ホントに、ごめんなさい」

「俺に謝んなくていいよ。サワに、臼井に言ってあげて。ってか、アイツそんなに困ってなかったし。お陰ですごいドラムソロ見れた」

そう！　すごかったよね！と、分かち合いたい気持ちをグッと抑えた。すぐ調子乗っちゃう、ウチの悪いクセ。

「そうだね。無茶ぶりしたのに、すごくカッコよかったよね。ウチ、すっごく恥ずかしくなっちゃって。ドラマーとしても人としても、何ひとつ敵わない」

「そんな風に言うなよ。ドラムだって、すごく上手くなったじゃん。最初に比べたらもう、全然。練習したんだろ？」

なんでそんなに優しく言うの。

「シーナくんに、褒められたかったから」

子どもやん！　自分にツッコミ入れながら、もう、自分を少しでも良く見せたいとか、そういう余裕が全然なくなっていた。

「俺みたいなの、好きになってくれてありがとう」

ハイ、キター！「でも、ゴメンな？」宣告、聞きたくなぁい！

「いい、もういい。最後まで聞きたくない」

思わず、足が止まってしまった。

「あっ、と、まだ次考えてないんですけど」と、笑うシーナくん。

「へ？」

顔を見合わせて、笑いあった。やだやだ、期待させないで。

「嬉しかったよ」

「うん」うわードキドキ
「俺、平野って、かわいいと思うよ」

「うん。えっ？　脈あり？」

一気に上がるテンション、ジェット・コースター！

「ゴメン、それはまた別。俺、今、絶賛片想い中だから」

急降下！　くっそーっ！

「サワちゃん？」

「教えない（笑）」

「何それ。ムカつくー！」

あははは。やっぱり失恋！　でも、また前みたいに話すことが、出来た。

もう、それだけで！

「そういえば、平野の手は、もう平気？」

「手？」

「ん？」

「ウチは、出てないもん。それより、サワちゃんの手、大丈夫？」

「…そっか、山口、アイツー（笑）」　くっくっくっ。

ナゼかツボってるシーナくん？？

「サワは、大丈夫だよ。ちょっと剥けちゃったけど、慣れてるし、すぐよくなるって」

「よかった！」

あとで部活の前に謝りに行こうっと。

なんか、まだ笑ってる。好きな人の笑顔はいいなぁ。こっちまで嬉しくなる。シアワセ。

サワちん

さて、ウチが、ウチらが、一番迷惑をかけたサワちんに、部活の前に謝りに行く。
SASAMIの皆も部活で謝るだろうけど、それより先に謝りたい。そもそもの原因はウチだし、
もし許してもらえたら、小さなお願いもあるし。

1組の前で待っていたら、

「マユちゃん」

サワちんから声を掛けてくれた！

「手、もう大丈夫？」

んっ、また手？　今朝もシーナくんに聞かれたな。

そっか。鈍いウチでもさすがに悟った。

「大丈夫。サワちゃんは？」

「私は、張り切りすぎて剥けただけ。すぐ治るよ」

ウチがケガしたって話になってたから、急なのに受けてくれたんだね。なんていい人！

「よかった。ありがとう！　それと、解体ショーの、無茶ぶり、ごめんね」

「ううん、ビックリしたけどね、面白かった。めっちゃ必死。すごい勉強になったよ」

「すごかった。サワちゃんにしか、出来ないよ」

「そんなことないよ。部長から例の伝説の話を聞いたとき、自分だったらどうするかなぁって、イメージしてたのが役に立ったかも」

やっぱすごいや、サワちん。自分だったらなんて、想像つかないもん。

「それに…、ピンチヒッターで声掛けてもらって、嬉しかった」

「え？」

「私、後から入ったからなかなか馴染めなくて、挨拶しても無視されたり」

それ、シーナ・ファンの女子かも。

「『けいおんにイラナイ』、『ブス、でてけ』とか、かばんにメモが貼られてたり」

「えー！　ヒドイ」

サワちん、全然ブスじゃないし。ウチに調子に乗るなって言った二人の顔が浮かんだ。

「それ、ヤキモチだから。気にしない方がいいよ」↑お前が言うな、と、セルフでツッコみ、

「3Sの男子、なんだかんだモテるし、やっかみだから」

「シーナとサッくん、やっぱモテるんだ」

いいなぁ、ウチも呼び捨てしてみたい。

「私、そういうの疎くって…気をつける」

「あの二人と組んで対等に演れる女子なんて、他にいないよ」

「そっかな、ありがとう」

悔しいけど、それは本当。

「もしなんかあったら、ウチらに言ってくれたら、ウチらがサワちんを守る」

「サワちん（笑）？」

「あっ、ゴメン（赤面）。ウチ、ドラム教えてもらってから、サワちんのファンで、自分の中で勝手にサワちんて呼んでて」

「ちん（笑）」

「図々しいから言えなかったんだけど、サワちんって呼んでもいい？」

「うん！　ちんがいい。ちゃんより近い。嬉しい。ちんでいいよ！」

「ありがと。あんまり、ちん、言わないで、恥ずかしくなってきた」

勢いで2回言いそうになった。危な！

あはははははは。二人で笑いあった。

絶望的な気分で朝、家を出たのに、なんて器の大きい二人！　ウチの小さな願いまで、叶ってしまった。ニャーム、ニャーム、今日、大丈夫だったよ、ありがとう。


部活でみんなと合流、サワちんに無茶ぶりを謝って、みんなでこっそりお菓子を食べた。笑顔いっぱい、二人が遅いときいつも一人だったサワちんを、もっと早く誘えばよかった。紅一点って、やっぱ色々つらいんだ。

いつも穏やかで淡々としてるから、シーナ・ファンからあんな嫌がらせされてるなんて知らなかった。人って、やっぱり話してみないとわからない。自分ばっか大変って思ってたけど、みんな色々あるんだなぁ。

カバンにメモの嫌がらせ、アヤだったら、

「誰？　これ貼ったの！　言いたいことあんなら、直接来な！」くらい言いそう。

カオリンは、黙って剥がしてビリビリに破って捨てそう。

由依だったら、速やかに部長と顧問に報告して、犯人をヒヤヒヤさせちゃうかな。

ウチは、ガーンってショック受けるけど、きっと今は仲間がいるから、乗り越えられる。

サワちんを守ろう、みんなで。

こういうのって、男子が庇うと余計に嫉妬されて厄介。SASAMI のみんなに LINE したら、みんなオッケーしてくれた。

さてシーナくんと佐久間は知ってるかな？

雰囲気イケメン

次の日、少し早めに部室に行ったら、佐久間がギターを弾いていた。いつものエレキじゃなくって、アコースティックで、なんかきれいな曲。

「よう、平野」

「オツカレ」

佐久間は、中学の時の体育祭で、同じ青組で応援団長と副団長をやったから、わりと話しやすい。そんなに美形ってわけじゃないのに、ナゼか女子にモテる、雰囲気イケメンってやつ？

「なんて曲？」

「ガンズ・アンド・ローゼズの、ペイシェンス」

ペイシェンス、我慢か。人生ってガマンがつきものだよね。

「昨日、サワ誘ってくれてありがとな」

「ううん、全然いいよ。こないだ、無茶ぶりゴメン」

「あっはは。結果オーライ、凄かったな」

チャンス、聞いてみよ。

「サワちゃん、なんか軽音女子から嫌がらせされてるって」

「ああ、知ってる。オレがメモ見つけて」

「知ってたんだ」

「字ですぐわかったから、うちのドラマー苛めんなよって、釘さしといたよ、大丈夫」

ニヤッと笑う。おぉ、それは安心。

「シーナくんは知ってる？」

「アイツが、なんか遅れてきた日だから言ってない。アイツ、サワのことになるとすぐムキになるから」

「そうなんだ」

落胆が、顔に出るウチ。ハッ、こいつにはすぐにバレる。

「諦めたらそこで終了」

佐久間に励まされるなんて。

「ユウキか？」

「そう。でも望み薄いよね」

「何があるか、わからんよ、人生なんて。諦めたらそこで終了」

「だよね？」

パァァと視界が開けた！　佐久間に励まされるなんて。

「単純！　表情コロコロ変わるなぁ（笑）」

「今は気休めでもメッチャ嬉しいの」

「オレも、諦めわるいほうだからさ」

「えっ、誰だれ？」

「教えない」

「もーっ！　ケチ」

んっ、デジャヴ。このパターン。

佐久間は、すごいイケメンじゃないけど、細マッチョでシュッとしてて、立ち姿が、カッコいい。

団長のとき、下級生に「お父さん」と呼ばれた、圧倒的リーダーシップ。

いつも面白いことを言って皆を笑わせてくれて、声が低くて、あったかくって響きが心地よい。そうだ確か、歌も結構上手いんだっけ。運動神経もいいのに、バド部から急に軽音に来たのは、なんでだろう？

聞いてみたら、

「ユウキに誘われたから。アイツの頼みは、何か知らんが、断れない」

ふぅん。何かわかる。あのキラキラした目で、頼む！　言われたら即落ちだわ。

「それと、またギター弾きたかったから」

ギター上手いもんね。アヤ情報だとヨッチャン（部長）がめっちゃ褒めてたらしい。

女の子を笑顔に出来る男子は、モテる。もっと一緒にいたいって思えるから。

顔がイケメンすぎない分、話しかけやすいし、敷居が低い。佐久間がモテるわけが、わかった気がした。

「SASAMI、結構上手いじゃん、こないだ感心したよ」

「ウチは出てないしー」

「あ、そっか、サワがドラムで3割増しか」

「うー、憎ったらしい」

「ユウキとオレ、自主練始めたんだ、サワのソロ見てから」

「ただでさえ上手いのに、そういうのナシにしてくれる？」

「ダメ、絶対後夜祭出たいから」

「好きな子に観にきてほしいから？」

「まあ、そういうこと！」

サワちんではないんだ。

「ウチらも、負けないからね～」

「おお、上等」

またペイシェンスを弾き出した。いつも明るく朗らかなのに、この物悲しい曲。

なんかペイシェンスなの？　ガマンなの？　サクマ、オイ。

「なに？　ガン見すんなよ、弾きづらいな」

「佐久間さー、なんか悩んでる？　ウチでよかったら話聞くよ？」

一瞬手が止まって、ブーッて吹いた！　あはっはっはっはっはー！　なんなの？

「平野、成長したなぁ」

頭ポンポン、大っきな手。そうだな、ウチ、副団長のとき、頼りっぱなしだった。

シーナくんに「教えない」言われたのは、昨日だったな。３Ｓメンズに、二日連チャンでモヤモヤする。

「久々に片想いでさ、今。片想いって、いいな」

佐久間が片想い？　いつも速攻なのに。

「柄じゃないじゃん」

「ああ。でも、そうなんだ。好きっていうか、『推し』に近い」

「存在してくれて感謝、的な？」

「そう、それ」

「大好きな食べ物を、すぐ食べないで暫くうっとり眺めてたい、みたいな？」

「お前、例えが下世話。でも、近いかな」

「結局食べるんでしょ？」

「正解」

何を思い浮かべてるんだか、すっごい、いい笑顔。女子に人気の男子にも、それぞれ「推し」がいるんだな、いいなぁ。

あっ、カオリン来たー。

「さくまー、ちょっとギター教えて」

「いいよ。10分千円」

「高！」

隠れみの

アヤと由依は今日は用事があってお休みで、カオリンも塾で、途中で帰ってしまった。

久々に、ひとり。ちょっと心細い。みんなに追い付きたくて、練習で少し遅くなり、歩く帰り道。

ここのところ見かけなくなったから、もう大丈夫と思いきや、駅のターミナル近くで、スマホを見ている拓斗を見かけた。

どうして？　また来た。今日は誰か似た感じの友達を連れてる。どうしよう、誰かいないかな。


カバンを担いで、こっちに歩いてくるサイトーを見つけた。

「サイトー！」

ん？と顔を上げて、「よぉ」と笑ってくれた。

「今帰り？」

「ああ。今日仲間は？　けっこう遅いじゃん」

「もうすぐ内輪のライブあるから、個人練習」

「平野のバンドも出んの？　今週金曜だっけ」

「出る。よかったら観に来て。シーナくんのバンドも出るよ」

「知ってる。部活、早めに抜けれたら行くよ」

「ウチら、順番最後」

「なら、多分オッケー」

長身のサイトーの陰に隠れて、階段を上ることに成功。うっわー、ホントに助かった。

「サイトー、朝シーナくんとよく一緒だよね、いいなぁ」

「最寄駅が一緒だから、よく会うんだ」

「ウチも読売ランド前に引っ越したいな」

「シナユーのファン？」

「そう」ファンってか、好きなの。

あぁ、男子と並んで歩くこの安心感。ウチに次のカレシが出来たら、拓斗もさすがに諦めるだろうけど、そんなに簡単にいかないよね。

電車にも一緒に乗ってくれたサイトーに手を振って、百合ヶ丘で降りた。

帰り道、佐久間が弾いてたガンズのペイシェンスを探して聴いてみた。

Patience / Guns N'Roses (1988)

忙しくてなかなか会えない彼女に、もう少しのガマンだよ、俺達には、少しの我慢が必要なんだ。俺には君が必要って、切々と訴えかける曲なのかな。

佐久間のやつ、元カノには忙しすぎて振られたのかしら。

人生って、うまくいかないことばかり。ペイシェンス（忍耐）、必要だよね。

こんなに優しく歌ってくれたら、待てるかも。いつまでも。

我慢は苦手。だけど、大人になるって、我慢強くなることなんだ。だって、赤ちゃんって、すぐ泣くもんね。

親衛隊

「マユマユ〜、ちょっといい？」

「なぁに？」

次の日、クラスの知佳と愛実と由梨花に、声を掛けられた。

「明後日の夕方、軽音でミニライブやるんだよね？　それって軽音部でなくても入れる？」

「えっとね、部外者は部員一人につき一人まで声かけていいって。それ以上はキャパが…」

「お願い！　私たち三人入れて？　椎名くんと佐久間くんのバンドが観たいんだ」

ウチらも出るんですけどー。

「わかった。由依とアヤにも聞いて、オッケーだったら三人、いいよ」

「ヤッター！」

だから、まだだってば（笑）　人気あるなぁ、もー。

3Sは何の曲やるんだろ？　懐かし洋楽オタクが二人もいたら、みんなが知ってる曲はやらないんじゃあ？　3Sはちょっと別格だけど、あとの4バンドはおそらくドングリの背比べ。チャンスがあるとすれば、どれだけライブでウケるか。みんなが知ってる曲の方が絶対いいよね。

アヤ経由でヨッチャン部長に聞いたら、3Sはチープ・トリックとONE OK ROCKだって。ワンオクは佐久間の趣味かな。チープ・トリックって何？

検索してみたら、またまたうちのママが生まれる前のバンド！　えっ、まだ現役？

1978年4月の武道館バージョンの『甘い罠』。聴いてみたら王子様みたいな金髪美形のボーカルのめっちゃ甘い声。ベースの黒髪のヒトもイケメンだけど、あとの二人はとぼけたおっさんって感じ。これをシーナくんが歌うのかぁ。女子がキャーキャー言いそう。ポップで覚えやすい曲だから、うちのクラスの親衛隊三人にも教えておいてあげよう。

ライバルだけど、3Sを後夜祭で観たい気持ちもあって、複雑。とにかく今は、練習がんばろ。

みんなで練習

部活に行く途中、早速アヤと由依に話した。

「うちのクラスの3Sのファン三人が、ライブ観たいって」

「誰？」と、アヤ。

「チカとマナとユリユリ」

「でたー。シーナとサクマ目当てか。いいよ別に」

「なんか女子ばっかりになりそうね」と由依が笑う。

「もちろん私らの応援もバッチリやってもらうから」

アヤに言われたら、そりゃーやるよね。

部活でカオリンと合流、みんなで通しで練習した。サワちんみたいにキレッキレには叩けないけど、構成もしっかり頭に入って、バタバタだった最初の頃に比べると、いい感じ。みんなうまくなったなぁ。

楽器って、とにかくコツコツ個人練習しないと始まらないから、自分と向き合う時間が、長い。反復練習して出来なかったことが出来たときの喜び。上手な人って、元々のセンスもあるだろうけど、きっとたくさんの一人の時間を、その楽器と過ごしてきたんだな。

クラス対抗の合唱とかもそうだけど、みんなで合わせるときが、一番楽しいんだよね。ただの人数足し算だけじゃなくて、そこに生まれる何か。

「みんなが練習してるから、私もなんかやりたくて」

ギターの練習を始めたアヤは、ヨッチャンにアレンジしてもらったリズム・ギターを当日も弾くらしい。やっぱギター2本だと厚みがあってイイ。

バンドが成り立つ最少形態のスリーピース、ギター、ベース、ドラムの3S。大変そうだけど、カッコいいなぁ。いっそのこと3Sが最後で、ウチらが前座でもよかったのに。正直やりづらい…と、考えに耽ってたら、カオリンと目が合った。

「マユ、もう一回最初からいい?」

「オッケー」

ダメダメ、こんな弱気じゃあ! 一番練習頑張ってるカオリンに申し訳ないや。

とにかく、下手なりにベストなパフォーマンスが出来ますように。

カウントをとる。

「1、2、3、4!」

甘い罠

I want you to want me(甘い罠)/ Cheap Trick(1977)

君に求められたい
君に必要とされたい
君に愛されたい

君にすがられたい

かわいー、何この歌詞。めっちゃ片想いの歌じゃん。

どれどれ、付き合ってはいるけど、何かワケアリでつかみどころのない彼女を、一途に想い、支える男子って感じかな。シーナくんも片想いって言ってたっけ。いいなぁ、きっとサワちんだ。

「サワのことになるとムキになる」って、佐久間も言ってたし。

そう、好きな人って、特別なんだ。他では替えがきかない。だから、ムキになるし、メロメロになるし、なんでも許せちゃう。

アヤが、普段は苦手なロン毛の先輩をカッコいいと言ったり、女たらしの佐久間が、全然モーションかけられなかったり。ウチだって、いつもはカラオケの時ぐらいしか気にしない歌詞を、わざわざ調べて分析してみたり。その人のこと、なんでもかんでも知りたいのだ。近づきたいの、少しでも。

恋って、病気。このドキドキは、病気が治らない限り、続くんだ。つらいけど、苦しいけど、相手の気持ちがわからない分、自分の中で完結する妄想。

「片想いっていいな」

佐久間の呟きに共感しつつも、出来ることなら両想いになりたいな。ああ、神様、ニャーム。

ライバルたち

ライブ前日、くじ引きに負けて、ドラムのある練習室を中川薬局に取られてしまった。へーんなバンド名。まぁ、ウチらのSASAMIも変だけど。

薬局のボーカル＆ベースの二人は、以前ウチに調子のんなって言ってきたコンビ。

無理っしょ。シーナくんと登校出来たら、調子のるっしょ、そりゃあ。

アンタらも彼と登校のとき、メッチャはしゃいでたやん。

後夜祭に出られるのは選ばれた1バンドだけど、次点になれば、当日何かトラブルがあったときの補欠になれる。３Ｓには負けても納得だけど、薬局には絶対負けたくなぁい！

「SASAMIにだけは負けないから」

なんかまた睨んできたけど、笑顔で丁寧に、無視。女子間で揉めるのはまっぴらごめん。

もしまたサワちんを苛めたら、SASAMI全員で、薬局閉店まで闘うからね。

クラスのシーナくん親衛隊三人に、チープ・トリック武道館ライブのYouTubeを知らせ、コール＆レスポンスを簡単にレクチャーして当日の盛り上げを頼んでおいた。

出番が次だから厳しいけど、なんならウチも客席から彼のチープ・トリックを観たい！

あー、きっとまたファンが増えるんだろうな。

ライブ当日

いよいよ今日だ。

他の三人はこの間の模擬ライブで経験済だけど、ウチは人前でやるの初めて。こんなときドラムでよかったとしみじみ思う。この間の模擬ライブの三人の、物怖じしない姿、すっごく頼もしかった。みんなの背中を見てたら、ウチも落ち着いて出来そう。いつも通り、呼吸を合わせて、軽快に。

セッティングもほぼ終わって、一組めのバンドが始まるまで40分。なんか皆と離れて一人、いつものレモン炭酸水を持って佇むカオリン発見。珍しく、心ここに在らずのぽけーっとした表情。

「おーい」

「ああ、マユ」

「どしたん、ぼーっとして」

いつもクールであんまり表情を変えないのに、なんか気まずそうな笑みを浮かべるカオリン。

「佐久間のさー」

「サクマ?」

アイツなんかカオリンにしたのか。

「好きな子が観に来るんだって、今日」

「へぇ」

やつの「推し」かぁ。誰だろ。

「マユ、知ってる？」

「知らない知らない」

カオリン、もしかして。

「最近よく話してて、ギターのこととか。ちょっと佐久間いいなって思ってたから、好きになる前に気付いてよかった」

それって、もう好きだってば。

「うん、よかったね。元々あんまりチャラい奴、タイプじゃないじゃん」

立ち直るんだ、カオリン！

「そうだよね。思ったよりギター真面目にやってるから、ギャップにやられたかも」

ギャップには気をつけて、カオリン！　モテる男子はギャップの宝庫よ。

「自分の落ち込みっぷりに、自分でビックリしてる。どうしたん？　自分って」

力なく笑うカオリンをハグしたい。

「大丈夫。ウチがついてるよ。なんかつらいことあったら吐け吐け。ハートブレイクでは先輩だかんね」

「ちが！　別に好きまでいってないし」

「ハイ、そうね、違うよね、ゴメンゴメン」

「ややこしくなるからアヤには言わないで」

「絶対言うわけないしー（笑）」

あっはははは、二人で笑い合った。

「何なにー？　楽しそうジャン？」

おっとアヤ来たー！

「ナイショ！」

見つめていたい

シーナくんたちが来た。セッティングは前半の2バンド中心で、後半3バンドは主に片付け担当だけど、来るの早いな。サワちんがスティック・ケースを抱えつつ、胸の前で手をパタパタ振ってくれた。仕草がいちいちかわいいぞー、もー。シーナくんと佐久間も、「ヨッ」「オス」って感じで、挨拶してくれた。

そうだ、今日ウチは、観てる側じゃなくて、彼らと一緒に拙いなりにエンタメを提供する側なんだ！　なんだか今さらだけど、緊張してきた〜。

シーナくん、やっぱり目で追ってしまう。周囲の人と交わす笑顔、大事そうにベースを置く仕草、前髪をかきあげたときに見えるオデコ、一挙手一投足、こないだテストで間違えたやつ、いっきょしゅいっとうしょく（ダメだ、舌まわんない）、見ていたい。ずーっと見てられる。

これってまるで、彼のお薦めリストに入ってた、ポリスの『見つめていたい』じゃない？

Every breath you take / The Police（1983）

君のどんな息づかいも
君のどんな仕草も
君が壊すどんな絆も
君のどんな足取りも
僕はずっと見張っている

見てるsee、じゃないの。見張ってる。監視（Watching）。

メロディがきれいだから、みんないい意味に取りそうだけど、ウチは拓斗のこともあって何だか怖いと思ってしまった。

ストーカーとそうじゃないのって、何が違うんだろう。ウチは、推しのシーナくんをずっと見ていたいけど、もし彼が嫌がったり迷惑そうだったら、ソッコーやめる。何より彼に絶対に嫌われたくない。

いつも笑っててほしいから、彼の幸せを脅かす存在になりたくない。アイツ嫌だな、って思い浮かべられるくらいなら、消えちゃいたい。それくらい、大事。尊いの。

拓斗は、ウチが嫌がろうが避けようがおかまいなし。ウチが何を考えてるかなんて、元々興味ないんだもの。思い通りになるかならないか、焦点は、そこ。

人間扱いされてなかったんだ。あらためて、自分の見る目のなさと、押しに弱い主体性のなさに、吐き気がする。オエ。

「マユ、なんか顔色悪い。レモン炭酸飲む？」

カオリンが勧めてくれたけど、いいの。

「大丈夫。自分の買ってくる」

回し飲みは苦手、とシーナくんが言ってたので、反射的に断ってしまった。

好きな人に影響されまくりやん。ウチって、健気。

中川薬局

薬局の四人がそろそろスタンバイ。お揃いの白いコスチュームかわいいと思ったら、白衣じゃーん、化学の授業で使うやつー。襟を少し立てて着ると、白衣に見えない。いいな。

ジャーン！　ギターの子の試し弾きに、背筋がゾクッとする。普段は大きい音って苦手なんだけど、エレキ・ギターの爆音の、非日常感はすごく好き。

内輪のライブだからとくに決まったMCもいなくて、各バンドのボーカルが簡単にバンド紹介をして、進んでいく感じ。「審査」は先輩方だから、緊張するけど、あちこちから1年仲間が応援に来てくれて、すっごく心強い。心なしか女子が多いかな。

1曲めは、スピッツの『夜を駆ける』。

普通は『ロビンソン』とかにいきがちだけど、いい選曲。そっかぁ、ウチらはガールズ・バンドばっかりコピってたけど、アヤのキーが合えば別に男性ボーカルでもいいんだ。目からウロコ！

夜を駆ける／スピッツ（2002）

細い糸でつながる僕ら、か。切れそうで切れない、微妙なつながり。

赤い糸じゃなくてもいい、繋がっていられるなら。タコ糸でもしつけ糸でもオッケー。歌詞の中に、誰かの言葉の端々に、引っ掛かる言葉をついつい探してしまう、恋の病。ついこの間まで触ったこともなかった楽器で、懸命にメロディを奏でる薬局のみんな。普段は憎たらしいけど、やっぱり応援せずにはいられない。同志だもんね、シーナくん推し。


2曲め、またまたスピッツ。

猫になりたい／スピッツ（1994）

猫になりたぁい。ニャームは女の子だから、仲良くなれるかも。この曲なんてもう、女子にピッタリ。

てか、このキーは普通の男子には無理じゃない？

かわいかったなぁ、女子のスピッツ。中川薬局終了！　廊下に出てきたボーカルの子に、声を掛けた。

「よかったよ」

「ありがとう!」
汗を拭って、ニコッと笑ってくれた。そうだよね、たった2曲でも緊張するもん、きっとウチなんて汗だくだ。滑んないように、ベビーパウダー忘れないようにしないと。

きみとしろみ

女子多めの軽音部では珍しい男子だけのバンド。マキシマム ザ ホルモンのコピーで、がっつりパンク! すごく練習熱心で、いつ行っても部室にいる。そして、取りたい時間が被ると、「どうぞどうぞ!」ダチョウ倶楽部?ってくらい、気持ちよく譲ってくれる。感謝。ライブ間近のたて込んだ時期も譲ってくれて、アレ? 出るのやめたのかな?と思うくらいに、本当に気持ちよく。アヤが怖いのかと思ったけど、そうでもないらしく、ボーカルのショーくんとアヤはわりと気が合うようで、よく二人でゲラゲラ笑いながら話し込んでいた。パンクって、ひたすらリズムが速くてダミ声でがなってるイメージだったけど、ホルモンの曲は意外にポップで聴きやすいんだな。

恋のメガラバ/マキシマム ザ ホルモン(2006)

楽しい！　全然踊れる。こんなポップなパンクもあり？

夏のビーチではっちゃける妄想。歌詞もなんか言葉遊びで面白い。

パンクでもちゃんと韻を踏むんだー。観に来た男子がみんな笑顔、メッチャ楽しそう。

何曲か歌詞がヤバくて却下されたって言ってたっけ。どんな歌詞なん（笑）。

演奏が始まって、譲ってくれた訳がわかったー、きみとしろみ、ウチらより全然上手い。

最近始めた感じじゃないなぁ。3Sみたく、きっと外で自主練してるんだ。キメがビシバシ合う～。カッコいい。

歌詞に出てきたけど、マジで冷房もっと効かせて！　あっつー！　でも楽しい！

爪爪爪／マキシマム ザ ホルモン（2008）

2曲め、『爪爪爪』！

これこれ～、ウチが持ってたパンクのイメージ。爪爪爪、以外はなんて言ってるかさっぱりわからない。速い。こんな速いと、もはやドラムもリズム合ってんのかどうなのか、よくわかんない。シンバル・ミュートは上手いなぁ。

普段は気のいい男子の彼らが、怖い。音の暴力性？っていうんだっけこういうの。いい人でもテンションが上がりまくってなんかヤバイことしでかしそうな。えーん、ハードコアなやつはウチ、ダメだ。曲が終わり、耳がキーンとなって一度廊下に出た。出てびっくり、なんか人がいっぱい。女子。みんなライブを観に来た？　下手すると部員より多いかも。

知佳たちに場所取っててもらってよかった。でないと、シーナくんたちを客席から観れなくなっちゃう。ちゃんと正面から、三人を観たい。

「マユ、大丈夫？」由依が出て来た。

「うん、なんとか」

「汗でフロアが濡れたから、10分休憩だって」

覗いたら、ボーカルのショーくんが一生懸命モップがけしてた。プッ（笑）。いつものやさしい笑顔に戻ってて、ホッとした。

客席の中に、シーナくんたち三人を見つけた。出番までずっとそっちで観るのかぁ。

いいな、サワちん。シーナくんの隣。

「由依は平気だった？」

「私は、ホルモン始まる前から耳栓（笑）」

そっか、そういう手もあったか。でも、1曲めは結構好きだったな。

委細面談

なんか耳が、まだちょっと変。

音楽棟の女子だけで組んでる委細面談（新聞広告みたい）は、アコースティック・ギター二人とベース、キーボードの四人。リーダーの渡瀬さんはシーナくんとサワちんと仲良いらしく、二人から声援を受けていた。中学で元吹奏楽部の部長、さすが、アコースティック・ギターも上手い。アズテック・カメラ？　パンクの後に聴くせいか、耳に心地よい。洗われる～（きみとしろみゴメン）。

Oblivious / Aztec Camera（1983）

アコースティック・ギターの涼やかさって、夏。夏の夕立の後の、気怠さ、切なさ、でも爽やかで、暗くない。パンクでこもった熱気が、サラッと抜けていく感じ。部屋の気温は変わらないのに、音楽って、不思議。

落ち込んだり、辛いとき、好きな音楽は聴かないようにしていた。そんな自分が凹んだ荒れた気分のときに聴くのは、作った人、好きなアーティストに失礼な気がして。

気分のいいときに、ゴキゲンで聴きたいっていつも思ってたけど、音楽で治る、癒やされるってあるんだな。帰ったら検索してみよう、こういうの好き。

2曲め。洋楽かな?と思ったら予想を裏切って、Mrs. GREEN APPLEの、『青と夏』。アー、ダメだこれ、歌詞がヤバくて…。泣く。

青と夏/Mrs. GREEN APPLE(2018)

ウチにだけ優しいわけじゃない。ただの人たらしだよって悪く言う人もいる。自分が特別じゃないっていうのはなんとなく最初からわかってた。だけど、たとえほんの少しでも、その瞬間気にかけてくれた、ウチの気持ちに寄り添ってくれたのが、嬉しかったんだ。

そういう優しさに飢えていたのに、そんなの要らない、最初からあるわけないって強がっていた。

なんでこんなに気持ちを持っていかれるんだろうって、ずっと不思議だったけど、シーナくんはウチが失って、でもずっと欲しかった優しさをくれて、心に空いた大っきな穴を埋めてくれた。

仲間を、友達を信じる気持ち。好きになったのは、やっぱりそこ。かわいい顔や見た目の格好よさは、豪華なオマケみたいなもん。

好きになればなるほど辛くて、胸が痛くなる。

歌詞に共感しまくり、平和じゃないなぁ、ウチの恋。


優しさは、罪。

普通はそんなに満遍なく女子に優しくしないよ、男子って。

基本彼らは、自分にメリットがある相手にしか優しくない。モテたかったり、自分のストライク・ゾーンだったり、話が合う仲間として認めたり。

中学ではさすがにそんなにひどくなかったけど、小学校のときの、自分より格下で眼中にないと判断した女子に対する男子のぞっとする冷たさ、忘れない。苛めたりはなくても、普通の男子は異性の壁があって、興味のない女子にはそっけない。


シーナくんて何なの？　自分以外のみんなに興味がありすぎる？

バカなの？　神なの？　サイトーが言ってたみたいに、たくさんのつながりを持ちたい、人間関係の貧乏性？

そんなんじゃあ、カンチガイ女子たちに絡めとられて、一番好きな子に誤解されちゃうよ。

女子って、すっごく嫉妬深いんだから。

…全然嫉妬深くなさそうな子、ひとりだけ、いた。

「シーナとサッくんってモテるんだ」

不思議そうに首をかしげた姿を思い出した。

サワちんだ。

3S

「マユ、どこ行くの？」

アヤに見つかった！

「ゴメン、終わったらソッコーでスタンバイするから、3S客席で観させて？」

「いいけどさ、すぐ戻んないと、時間かなり押してるからね」

「委細面談」の途中から、なんか人がどんどん増えてきてる。人ってか、女子？　男子もいるけど…。あっ、サイトー見っけ！


「知佳、席取りありがとう！」

「マユ〜、早く入って！　なんかどんどん後ろから押されるぅ！」

どうにか親衛隊三人の取っててくれたスペースに、滑り込んだ。

「シーナくーん！」

誰かの声で顔を上げると、ちょうど三人がステージ袖から入って来たところだった。

「ウチらも負けずにいこ？」

親衛隊三人と、声を合わせて呼び掛けた。

せぇのぉ、

「シーナくーん！」

あっ、笑ってくれた。

「先輩、ちょっとこれ以上人入れるの危険」

冷静に扉の締切を頼む佐久間。たしかに、後ろからぐいぐい押されてもう限界。

「あっ、そこ危ねぇ！　あんまり押さないで。大丈夫？」

押されて苦悶の表情のウチらに、シーナくんが気付いてくれた。

「全体的にちょっとだけ下がってー」

サウンド・チェックをしながら佐久間が声掛けしてくれて、潰されそうなウチらもやっと人心地ついた。

空間を切り裂く、サワちんのドラムのチェック音。ウォー、キャーと歓声が上がり、一瞬ここが学校の視聴覚室というのを忘れそうになった。なんなら、ライブハウスでしょ、ここ。

軽音の仲間だけでほのぼのとスピッツを聴いていたのが、たった数十分前なのに。

ギター佐久間とベースのシーナくんもそれぞれ自由に掻き鳴らして、チェック完了、三人で視線を合わせる。うわーん、カッコいい。

一歩前に出て、シーナくんのＭＣ。外野がキャーと叫んで、苦笑。笑顔がかわいい。スマホ持ってくればよかった、ウチのバカ。こんなに堂々と写真撮れる機会なんて、滅多にないのに。


映える。

メチャメチャ映える。

佐久間もカッコいいけど、ライトの逆光に浮かび上がるウチの好きな人は、普段よりもっと眩しい輝きを放って、うまく言えないけどやっぱり人前に立つ人なんだ、ステージの側の人だ、という気がした。

これで、歌っちゃう？

まともに聴いたことないけど、けっこう上手いんだっけ。ちょっと特徴のある、ハスキーで涼やかな声。

「そんじゃいくよー？」

もう一度二人と向き合って、軽く頷くと、曲名をコールした。

「I want you, to want me!」

I want you to want me（甘い罠）/ Cheap Trick（1977）

サワちんの力強いドラムから始まる、もう何回聴いただろう、チープ・トリックの『甘い罠』。三人とも上手いから、演奏の再現力、半端ない。ポップなんだけど、すんごくパワフル。思わず体が動く。

そして、シーナくんの甘い歌声。ロビン・ザンダーにだいぶ寄せてる？　親衛隊はもう、目がハート。漫画みたい。サビのコール＆レスポンスも、みんな上手で、教えてない他の子も、乗っかってやってくれた。なんかもう、アイドルのコンサートみたい。オタ芸。ちょっとやり過ぎた？と不安になったときに、目が合ったら、笑ってくれた。もう、尊い！

こんな男の子に片想いされるって、いいな。いったいどれだけ前世で徳を積めば、叶うの、サワちん。

この歌詞、本当はドラムの方を向いて歌いたいんじゃない？って言いたくなる程、目線を追ってるとサワちんを気に掛けてるのがわかった。あぁ、わかりやすー。

カオリンは、大丈夫かな。佐久間の古巣のバド部からかわいい女子が三人来てるけど、あの中に推しがいるのかも。ギターソロ。上手いなー、佐久間。他のバンドみたいに必死さがなくて、なんか余裕。

終わったー。曲の終わりにドラムがフリーでバシバシ叩いてエンディングに持っていくやつ、サワちん流石に上手い。今度教えてもらおう。

「ありがとう！　なんかすげーびっくりした。感激してヤバイです」シーナくんのMC。

「予習してきたー♪」

思わず言ったら、周りにはウケたけど、ステージ脇でアヤが睨んでた。

（なにやってんの、アンタ）って形に、唇が動いた。


2曲めはワンオク。結構激しい曲だよね、『じぶんROCK』か。あれ？　シーナくんにスタンド・マイク。佐久間がボーカルって噂だったけど。

そっか。チープ・トリックで女子票稼いだから、2曲めは自然に歌って、シーナくんが反感買わないように、強面の先輩対策？　さすが団長、策士だな。と、考えてるうちに、イントロ始まった！

弾けるベース音。変拍子っぽい引っ掛かるフレーズの後、ギターとベースのユニゾンぽい絡みでグイグイ進む。

じぶんROCK／ONE OK ROCK（2010）

えっ！　チープ・トリックと全然声が違う。普段からハスキーだけど、もっとザラザラして尖ってる。

激しく頭を振り、絞り出すような声で叫ぶように歌う彼は、いつものかわいいシーナくんではなかった。

親衛隊の女子仲間がビックリして静かになったのと対照的に、ワンオク好きの男子たちが俄然盛り上がってきて、跳ね始めた。この曲は、お決まりの掛け声があるみたいで、ワンオクライブのお約束？　3Sの三人と男子が皆声を合わせて叫んで、めっちゃ楽しそう。なんか独特の手合わせポーズが！　わーん、ワンオクも予習するべきだったな。

ドラムもギターもベースも大忙し。疾走してきた曲中に突然美しいブレイクが入り、佐久間のギターで浮遊感のある不思議な空間が生まれた。ふ、わ〜ん。ここどこー。

シーナくんが即興でフェイクを入れる。歪みを抑えたきれいな声。う、わぁぁ、と浸ってたら、突然サワちんのカウントが入り、あのドラム・ソロを彷彿とさせる高速ビートと共にギター、ベースが一気に入り、大サビ来たぁ！

もう、参りました。曲が終わってからもみんなの歓声が止まんない。サワちんも佐久間も凄かったけど、シーナくんの声…！　クセになる。もっと聴きたい！

SASAMI 初ライブ

客席でぽやーんと余韻に浸ってたら、

「マユ、早く！」

カオリンの声でハッと我に返った。浸ってる場合じゃない、ウチはこれから初めて人前でやらかす、違う、演奏するんだ。ウチらの為に、シーナくんたちの撤収は素早く、もう他のメンバーはステージで準備に取りかかっていた。

親衛隊にお礼を言って、ウチも急いでドラムに向かい、座ってみて驚いた。

こういう風にセットすればいいのか！　サワちんが調節してくれたセッティングは、スネアの位置からシンバルやタムタムの角度まで、楽に手の届くような絶妙なバランスで、すごく叩きやすく、最高だった。

彼女の方がウチより小柄だから、ウチの身長に合わせて少し直してくれた？　うー、ありがとう！

「あれっ？　アヤ、ギターは？」

あんなに練習してたのに。

「なんかシーナ見てたら怖くなっちゃって。弾きながら、手元も見ないであんなにガンガン歌えない。すごかった」

確かに。弾き語りって、想像もつかないけど、難しいんだろうな。

「せめて歌は間違えないように、今日はギターやめとく」

「うん、わかった。オッケー」

「ギターは任して」カオリンが親指を立てて微笑む。

「そろそろいいかな？」

いつも通り柔和な笑みの由依を見たらウチも落ち着いてきた。


客席を見てちょっとガッカリ、シーナくんと佐久間目当てで来た女子の集団がほとんど帰ってしまった。みんな部活抜けて来たのかな？　アヤが睨みをきかせた親衛隊のみんなとクラスの友達、サイトーとか運動部の男子は残っててくれてる、もちろん軽音のみんなも。

3Sの三人も客席に戻って、見守ってくれてる。あんな盛り上りのあとで演りづらいけど、人が減った分、ちょっと気楽。喋りの上手いアヤがみんなをほぐして、いい雰囲気。時間もないので早速発進！　SHISHAMOの『ねぇ、』。

ねぇ、／SHISHAMO（2018）

この曲も、切ない片思いの歌。何で『量産型彼氏』からこの曲に変えたのかな。模擬ライブと全く一緒だと芸がないけど。カオリン、佐久間に片想い続行中？　すぐにバレちゃったウチの片想い。「好き」って直接伝える間もなく、振られちゃったもんなぁ。

カオリンのギターソロ。佐久間に教わってたっけ。一生懸命練習してたもんね。応援したい。アヤには内緒で。あっ、でも、「諦めたらそこで終了」は、佐久間の言葉か。佐久間は、推しの彼女とうまくいったのかな。

「オレも、諦めわるいほうだからさ」

なんか企んでそうな笑顔を思い出す。シーナくんは人たらしだけど、奴は女たらし。現に、あのクールなカオリンが骨抜きになっている。変なフェロモン出てるんだな、きっと。ウチは絶対ひっかからないけど。ウチも諦めたくない。諦めたくないけど、相手がサワちんだと、全然勝てる気しないんだよなぁ。

叩きやすい。今までで多分一番うまく演奏出来てる。サワちんは、いつも必ず演奏前にしっかりチューニングして、終わった後も削れたスティックの屑を掃除したり、ドラムに対する愛情が違う。ウチらみたいに昨日今日始めたのと違うんだ。

サワちんはシーナくんのこと、どう思ってるんだろう？　二人で出掛けるくらいだから、仲良しだよね。

並んでウチらのライブを観ている二人。ウチがもしサワちんくらいドラムが上手かったとして、シーナくんは3Sにスカウトしてくれたかな。

考えてもどうしようもないことで頭の中がグルグルなのに、体が勝手に反応してドラムを叩けてる自分に驚く。ほとんど条件反射。元々反射神経はそこそこだけど、根性なしだから運動部に入ったことはなかった。文化部だって、サボってばっか。こんなに一生懸命練習したの、初めてかも。

みんなの、おかげだ。

もう時間ギリギリ、MCなしで2曲め行くよ？　アヤが目で語ってきて、カウント開始。

明日も／SHISHAMO（2017）

初めてSASAMIのみんなと練習した曲。こうして人前で演奏してるのがちょっと不思議な感じ。最初は、間違えないで最後まで叩くのに必死だった。テンポが速すぎたり、みんなと合わなかったり、みんなも、ソロが弾けなかったり、歌詞の順番間違えたり。

一つひとつ、繰り返してやり直して作ってきたんだ、ウチらの、『明日も』。

メンバーの音を聴きながら、演奏する楽しさ。やっとわかりかけてきたこの感じ、忘れたくない。

セッティングがいいからなのかな？　緊張はしてるのに、妙に頭が冴えて、みんながよく見えた。ウチの、大事な仲間。

軽音に入って、ウチ、ちょっと変わった。一生懸命ってダサいと思ってたけど、カッコいい。上手い下手だけじゃないんだな、なにかを表現しようと必死な姿って、やっぱり見てて、気持ちが動く。

楽しいときって短くて、つらいこと、めんどくさいことの方が多いね、人生。

でも、好きな人たちに会える嬉しさは、支えになる。


いいことばっかりじゃないけど、ヒーローに自分を重ねて、きっと頑張れる、『明日も』。元気出るなぁ、この曲。

勘違いで一回、本人に聞いてもう一回、失恋ダブル・ショック、おそらく見込みなし。それでも、同じ時代に生まれて、生きてる限りは確率はゼロじゃないもんね、別に、無理矢理あきらめなくってもいい。聴いてる人も、元気になってくれたらいいな。

この曲は、週末にサッカー観に行って元気をもらう曲だけど、ウチは好きな人に会えない週末はつまらない。学校行くのダルいなぁ、と思ってたのが、推しのシーナくんがいるだけで、気合いが入る。ちょっと話せただけで、エナジー充電完了。これって推しメンいると、あるあるなのかな?

曲も終盤に差し掛かり、ギターソロ。

ＭＶではホーン・セクションのソロだから、カオリンがバンド譜見て、自分で工夫して、佐久間にも聞いてアドバイス受けて、ソロパート作ったんだ。元々センスあるんだろうけど、エライぞ、カオリン！

ブレイク後のキメも、ピタッと合った。あぁ、やっぱり今日はみんな調子いい、ウチだけじゃない。

元気でるー。この曲、ライブの終わりにふさわしい。

アヤの彼氏、吉田部長（ヨッチャン）が、ニコニコして見てる。いいな、両想いっていいな。すっごく羨ましい、おっとぉー、エンディング！　またまたピッタリ合った。上出来！

ヨッチャンだけじゃない、見てくれてるみんな、ニコニコしてる。


嬉しい。純粋に嬉しい。

生きてて良かったって思うのって、やっぱり自分が誰かの役に立ったなって思えるときだよね。

SASAMIのみんなと、この嬉しさをゆっくり分かち合いたいけど、遅い時間まで視聴覚室の使用許可を取って下さった部長と顧問の中田先生のために、急いで撤収！

「平野、よかったよ！　すげーじゃん」

シーナくんが声をかけてくれた。ホントに？　嬉しすぎる。

「マユちゃん！　カッコよかった」

サワちんが白い頬をピンクにして、褒めてくれた。

「ありがとう！　ほとんどサワちんのセッティングのおかげなんだけど」

ウチだけじゃなく、他のメンバーも、なんか先輩方や観に来たみんなに声を掛けられている。ウチら、見た目がギャルでチャラいから、きっとまともに演奏出来るイメージなかったんだろうな。ギャップで盛れた感。

でも、わかる。わかっている。

ウチの中では3Sが優勝。レベチ。ウチがちょっと上手くなったくらいで、サワちんには勝てん。

「結構叩けるじゃん」

佐久間。なんだぁ？　偉そうに。ウチはいいから、カオリンを褒めて！

「上手くなったなぁ、平野」

ヨッチャン！

「ありがとうございます！　臼井さんがやってくれた、セッティングのおかげです」

だって、いつもの自分のテキトーなやり方だったら、本当にどうなってたかわかんない。

やっぱりサワちんはすごい。そう、ウチはサワちんのファンだもの。

シーナくんのことも、ただの「ファン」だったらこんなに辛くないのに。

ヤバい、また落ち込んできた。『明日も』でせっかくメンタル上がったのに…。

もー、自分で自分を持て余す。

早く…、片付けてしまおう、ちょっと一人になりたい。サワちんがやってくれたセッティングを、座った目線でスマホに撮って、解体を始めた。その時、誰か長身の男子がカバンを持って近づいてくる気配を感じた。

「よっ」

「あっ、サイトー。何？」

「よかったよ、SASAMI」

「そう？　シーナくんとこほどじゃないけど」

「まっ、そりゃそうだな」

「ふーんだ！」

わかってるよ、そんなの、敵わないってことぐらい。ドラムも、女子としても。

なんでこんなタイミングで来んのよ、バカ！

水風船がパチンと割れるみたいに、不意に涙腺が決壊した。

「なんだよ、なんか地雷踏んだ？　オレ」

「ううん、違う。これはどうしようもないの」

バカはウチじゃん。サイトーは何にも知らないんだから。こんなの八つ当たりだー、ウチが普段一番避けたいやつ。

でも、止まらない。知らず知らずなんか我慢してたんだろうか。緊張の糸が切れた？

嗚咽が、止まんない。うー、子どもかよ！　自分ツッコミも、効き目なし。

「ちょっと！　何泣かしてんの？」

ヤバい、アヤが来ちゃった。サイトーがシメられちゃう！

「大丈夫。違うの。サイトーにちょっと話聞いてもらってた。あとで行くから待ってて」

「そう？」

サイトーと幼なじみなのは知ってるから、渋々だけど、二人にしてくれた。よかった。

「あー、ビビった。サンキュ、手伝うよ」

「ありがと。ウチこそ、ゴメン。なんか…」

言いかけて、ハッとした。サイトーにわかるわけ、ないやん。

サイトーは、器用にバスドラからペダルを外しながら、

「シナユーだろ？」

と言った。なんで？　なんでわかるの？

「そう」

「アイツ、罪だよな」

ドキッとした。今まさに、ウチが思ってたこと。

「わかる？　存在が、罪ー！」

気持ちがほどけて、思わず叫んでしまった。シーナくんに近いサイトーなら、ウチの知らない彼を知っているかもしれない。

「ウチのこと、わかってくれる男子にやっと会えたと思ったのに」

「そっか」

「しかもカッコよくて」

「うんうん」

何か、嬉しそう？　な、サイトー。

「笑うとめっちゃ可愛くて」

「わかる」

「わかってんの？」

「わかるさ、そりゃ。オレもアイツ好きだから」

真っ直ぐ目を見て語るサイトーの、「好き」の、好きが、ウチの「好き」と一緒な気がした。

それってつまり…

「えー！　サイトーってゲイ？」

「ちが！　ちがくないか。とにかく、ノンケも改宗させるぐらいの破壊力ってこと」

「ん、キモいけど、なんかわかるー」

「キモくて悪かったな」

　仲良しだから当然好きだろうけど、ウチがシーナくんを好きみたいに好きってこと？　サイトーってそういうキャラだっけ？　最近は知らないけど、保育園と小学校は、たしか女の子が好きだったはず。サワちんみたいな、色白でおとなしい子。なんでサワちんじゃなくて、シーナくんに矢印が向くわけ？

　目の前のサイトーは何か思い出してる風で、目が泳いで、何やらはぁぁとタメ息ついている。何なん。

「おーい、サイトー戻ってこーい」

「いるいる、スマン」

「さっき、キモいなんて言ってゴメン」

「何だよ、急に」

「シーナくん、ウチが男でも惚れちゃったかも。だって可愛いもん」

「だろ？　ちょっとフツーじゃねーんだよ」

「あはは」

　他の男子だったら想像つかないけど、シーナくんだったら有り得る。そこいらの女子より可愛いし、あのワンコみたいに人懐っこくて優しい性格。サイトーが惹かれても不思議じゃない。

「被害者の会、結成しようか？」

「何だソレ、ダッセ（笑）」

「だってきっと、ファン増えたよ、今日」

「そうだな」

あっ、でも違うな。彼を知って、感謝してることの方が多いや。

「被害者っていうとちょっと違うかなぁ」

「？」

「シーナくんに出逢わなかったら、ドラムこんなに頑張れなかった。会う前と後で、ニンゲン変わったよ、ウチ。マジで」

「言いたいことわかるよ」

「ハァ？　そんなに簡単に、見切ったぜ、みたくドヤ顔しないでよ」

「ハッハッハ」

ライバルはいっぱいだけど、こんなに気持ちを分かち合えるのって、サイトーだけかもしれない。男子だし、ウチよりシーナくんとの距離が断然近い！

「サイトー、ちょっと待ってて！　一緒に帰ろ？」

今日一緒に戦ったSASAMIの皆に黙って帰るわけにはいかない、許可をもらわな！

とにかく今、サイトーともっと話したい。気付いた時には、部室に向かって走っていた。

サイトーと帰るなんて何年ぶり？　親同士が一緒に保育園の夏祭り委員やって以来仲良しで、小さい頃はよくお互いの家にも行き来してた。大らかで笑い上戸で楽しいサイトーママは、今にして思えば、群れるのがキライでママ友が少なめだったうちのママの、大事な友達だった。今でも時々お茶してるみたいだし。

幼なじみって、いいな。こぼしたとこ、もらしたとこ、大泣きしたとこ、お互い色々見られてるから、カッコつけなくていい。カッコのつけようがない。らくちん。サイトーは運動神経抜群で、リレーのアンカーもぶっちぎりで、小学校の頃まではけっこうモテてたのに、硬派なの？　何なの？

女子にあんまり愛想がないから、全然発展しなかった。佐久間のチャラさの10分の1でもあったらかなり違うのに。話すと結構面白いのにな。女子ウケに無頓着なとことか、ウチはわりと好きだけど。女子ウケしか考えてないようなメンズと付き合ってきたウチは、思った。

「片付け、手伝ってくれてありがとね、めっちゃ早く終わった」

「ドラムって解体すんの結構手間だな」

「その分、集まるときスティックしか要らないから、楽だよ」

華奢な体に重たいベースを背負って、笑顔で帰って行った由依を思った。

「てか、平野、なんであんなに号泣？」

「ライブ見たでしょ？　シーナくんの目線。ドラムばっかかり、気にして…この頃よく二人一緒に帰ってるし、もーダメかもー思ったら泣けてきた」

やっぱ、ダメージがジワジワ来たんだなぁ。

「二人で帰るとこ、見たことある？　すっごい嬉しそーなの、シーナくんが」

「あぁ、見たよ」

気のせいか、サイトーもちょっと表情が曇った。やっぱマジじゃん。

「好きになるとさぁ」

「うん」

「相手の言葉を、何十通りにも解釈して、結果、いい方に考えちゃうんだよね」

結局勘違いだったんだけど。

「それはお前だけじゃね？」

「そっかなぁ」

そうかも。優しいのは、ウチに対してだけじゃなかった。やっぱ罪作り、人たらし。

「いっぱい話聞いてくれたし、結構脈あり？って思ってたから、キツい」

「オレは、悲観的だから、脈なしと思ったら直ぐ定位置に戻るよ」

「定位置って（笑）」

「浮かれたステージから下りて、身の程わきまえるっていうか」

何なに？　なんでそんなに自己評価ひっくいワケ？

「そんなん言わないでよ、サイトー、いいよ。カッコつけないところが。見た目だって、よく見るときれいな顔立ちしてるし」

そうだよ、メガネがゴッツイから目立たないけど、そこそこイケメンじゃん。

「気ィ遣うなよ」

「ウチ、お世辞は言わないよ。髪、もっとラフにして、メガネ、も少しオシャレなのに変えたら？」

「ほっとけ」

ウチがスタイリングしてあげたら、絶対格好よくなるのに〜、もったいない。

何でも聞いてくれるから、つい気が大きくなって、元カレのことなど、色々グチってしまった。

黙って聞いててくれたサイトーが、ボソッと、

「男の趣味悪いな」って言ったのが、ズキーンときた。笑ってごまかしたけど、ホントだ。

でも、ママも言ってたな、自分の相方（彼氏、旦那）を悪く言うのって、恥ずかしいって。

何故なら、「じゃあ、そいつを選んだのは誰？」が、もれなく付いてくるから。

話は、女子を見下す男子に移った。一見頼れるようでいて、いざとなると「女と子どもは引っ込んでろ」って言いがちなヤツ。

「やっぱり上から見てんだよね、女を」

「上から？」

「女のくせに、って」

「そうかな」

「もちろん、そうじゃない男子もいる。シーナくんとかサイトーとか」

「それは光栄」

見下しもせず、且つ、女子だからと言って特段優遇もしないで、ただただ仲間として受け入れてくれて、体力が及ばないところだけ黙ってカバーしてくれる感じ。絶妙な距離感。それって絶対モテ要素だと、ウチは思うんだけど。男だってだけで威張るようなヤツは、この令和の時代、相手が見つかんなくて絶滅するかもね。

「自分よりドラム上手かったらさぁ、なんだ、女のくせにってなるじゃん？　フッー」

「そうか？」

「シーナくんは、そういうのない。ちゃんと一人の人として、サワちゃんをリスペクトしてる。そんな風に付き合ってくれる男子、いないよ、なかなか」

「そっか？　そんなことないって」

なんかムキになるサイトー。

「なんでよ」

「いいヤツは、いっぱいいるよ、ただ見た目がイマイチだから、気付かないだけで」

「えー？　そっかなー」

「女って、中身が同じだったら、ラッピングがきれいな方選ぶだろ？」

面食いだって言いたいワケ？　うー、そりゃあ多少好みには左右されるけど。

「そんなことないよ。シンプルが好きって子もいるし、そもそもラッピング要らない派だって。取りあえず汚くなければ」

そう。耐え難い匂いとか、そんなんじゃなければ、大丈夫。

わー、あっという間にもう駅だ。何かウチばっか喋ってしまって悪かったな。サイトーが何でシーナくんに惚れちゃったのか、聞きたかったのに。


バス・ターミナルを抜けて、駅の階段を二人で上る。そういえば、この間も待伏せピンチを、サイトーの陰に隠れて切り抜けたんだった。あぁ、安心感。また一緒に帰ってくれないかな。

「サイトー」

「何？」

「今日いろいろ聞いてくれてありがと。私まだ、シーナくん諦めてないから、よかったらまた話聞いて？」

「いいよ。オレも、シナユーのこと話したの、平野が初めてだよ」

サラッと話してくれたけど結構悩んだんじゃない？　だってサイトーって、ノンケじゃん。

「安心して！　誰にも言わないから。だって気持ち、わかるもん」と言ったら、

「ありがとう」と、ホッとしたような、すっごくいい笑顔。

改札口の近くまで来たとき、ちょうどママからLINEが入った。心配性だからすぐ返事しないと。

「サイトー、ちょっと家に連絡しなきゃだから、先に行っていいよ」

「おう」

「じゃあまたね」と手を振った。

「お疲れ」

戻りが遅いのを心配するママに急いで返信を入れつつ、改札を抜けて歩いて行く背中を見送った。

あ、そっか、サイトーはシーナくんと同じ読売ランド前だから、ウチと電車も一緒じゃん。

もう少し話せるかな…追いかけて声を掛けようとした瞬間に、電車が来たのか、猛ダッシュ。

後を追ってホームに降りてみたら、電車は既に発車した後だった。

あの位置からのスタートで間に合う？　早！

穏やかでソフトな話し方から想像つかない、俊敏な動き。ギャップ萌えだよ、サイトー。

ウチに話して楽になるんなら、話してほしい。

だって、シーナくんの沼は、深いもん。ハマったら、そう簡単には抜け出せないよ。

沼落ち

女殺し。ふざけて彼をそう呼んでからかった軽音の男子がいたけど、そういう意味では、シーナくんはライブで本当に「殺し」に来てた。

佐久間がプロデュース？　普段はどちらかというと気さくで優しくて、話しやすくて、顔のかわいさもあって、ちょっと中性的なところが魅力だった。なつっこい仔犬みたいなかわいさ。

それが、ハスキーな甘い声で歌いながらの、目線。

あの、目！　流し目っていうのかな？

フロアにいる、もちろん女子だけじゃないけど、一人ひとりに送る視線の、艶っぽさ。

本人、近眼&乱視って言ってたから、ちゃんと見えてたかわかんないけど、目が合って歌いながら微笑んでくれたとき、ゾクッとした。

リズムに乗ってベースを弾きながらピョンと跳ねるときの、髪の綺麗さ。前髪をかきあげたときの、汗ばんだオデコのあどけなさ。ときにしなだれかかりつつ、マイク・スタンドを弄ぶ手、指先の動き。長い指。

曲間に見せる屈託のない笑顔と、演奏中のギャップがたまんない。本当はサワちんも佐久間も見たいのに、シーナくんから目が離せなかった。

シャウトして仰け反る首の、角度。二曲目の、声色を歪ませたワンオクのカバーが、普段から想像もつかない雄の表情全開で、目眩がした。ヤバい。

エロいとか、安っぽい言葉は使いたくないけど、彼を観ながら感じた思いを、上手く言葉に出来ない。

はぁぁぁ、好きー。

もしかしてこれが、Sweet Emotion ってやつ？

危険、キケン！　歌ってる顔がR指定！って何それ。

誰か動画で撮ってくれた子、いないかな。知佳たち親衛隊に聞いてみたけど、

「そんな余裕なかった！　だって目の前で生で歌ってくれてるのに！　スマホ越しとかバカでしょ。生だよ、なま！」

ナマナマ言わないで、生々しい（笑）。

シーナくんヤバイよ。サイトーがクラッときたのもわかる「ノンケも改宗させる破壊力」。

ヨッチャンたち先輩にやたらかわいがられてるのも、そのせい？

はぁぁぁ、ため息をつきながら、ベッドに入り、シーナくんのお薦めリストに入っていた大好きな Crowded House の『Don't Dream It's Over』を聴いた。

Don't Dream It's Over / Crowded House (1986)

「いい曲だけど、サビの歌詞が悲しいね、『夢みてるんじゃないよ、もうおしまいだ』なんて」と言ったらシーナくんが、

「違うよ、反対の意味。『もうおしまいだなんて夢みてないで、さぁ起きよう、なんとかなる』って言う励ましの歌なんだ」

って教えてくれたっけ。それを聞いて、歌詞を見て、ますます好きになった曲。ちょっと哲学的で難しいけど、悲しげで儚(はかな)いメロディだけど、なんか勇気が湧いてくる。

思い通りにならないことばっかりだけど、心の中は自由。

ベッドに入って来てくれたニャームを抱き寄せ、眠りについた。

Saturday Night

ライブを観て、頭まで沼に沈んだ週末、推しのシーナくんからLINEが。

「平野、昨日はおつかれ」

すぐ返したらガッついてるって思われるかもだけど、無理、待てない。

「おつかれさまー」

「俺らのとき、ありがとう。盛り上げてくれて」

「ううん、全然。やりたくて、勝手にゴメン」

「助かったよ。雰囲気よくて、やりやすかった」

「よかった、嬉しい」

コール教えたのは三人だけで、あとは勝手に盛り上ってくれたんだけど。

「SASAMIもすげぇ良かったよ」

「えへへ、ありがと」

「マジ、一番よかった」

「3Sの次にでしょ？」

「ハハッ」

もー、かわいい。

「月曜日、発表だね」

「楽しみだけど怖いような」

「3Sでキマリじゃん」

「そんなのわかんねーよ。SASAMIと、委細もよかった」

「またまたー」

3S優勝だってば。この、女殺し！

「ダメだったら三人でお疲れ会やろうと思って」

ホントに負けもありって思ってる?

「いいなー、それ、ウチらも混ぜて」

「SASAMI優勝でも?」

「入りたいー」

「いいよ」

すごいアホなこと言ってるのはわかってるけど、一緒にいたい。

「じゃあまた月曜に。ありがとな」

「うん。またね」

終わっちゃった! ウチの「好き」が漏れたから、引かれた?

あぁーん、やらかした。LINEって残るから、侮れない。やたら削除するのも恥ずかしいし。

でも、「いいよ」って言ってくれた。嬉しい。単純。

手紙

週明け、もしかしたら会えるかもというい淡い期待のもと、シーナくんを新百合ヶ丘の改札近くで待っていたら、…来た! ぅー、今日も素敵。

ドキドキを抑えようと深呼吸している間に、一人の女子がどこからか小走りで彼に駆け寄って行き、何やらブツを渡していた。

何？　ＣＤ？　手紙？　手紙だ。てがみぃ??

この令和の時代に手紙って。発想すごいな、でも案外効果あるかも。

LINEで長文は重いもんね。盲点！　何がヒットするかは、わからない。

誰？　誰？

達成感いっぱいの表情で振り向いたのは、中川薬局のギターの子だった。たしか、三宅さん。以前彼に登校中まとわりついてた二人とは違う。あぁいうちょっと真面目そうな子もハマるのかぁ。

ライブの影響でますますライバルが増えてしまったことに暗たんとしながら、あぁでも、彼は今片想い中だったな…と気付いた。ライブ中にあの「光線」を浴びてないのは、彼より後ろにいた、想い人のサワちんだけなんだ。

結果発表

放課後、部活に行く前にアヤがめっちゃ笑顔で近づいてきた。これってどっち？　優勝？　次点？

サワちんに教わったドラム・ロールが鳴る…頭の中で。

「残念だったけど、ウチら次点で残ったよ」

アー、やっぱり。優勝はもう聞かないでもわかる。

「予想通り」

カオリンも来た。

「なんか3Sだけプロみたいだったもんね」

由依がニコニコしてる。

悔しいけど、体育館の大っきなステージであの三人を観れると思うと、ワクワクする。先輩たちのバンドを喰っちゃうくらい、もービッタビタにやってほしい。

「ウチ、ちょっとサワちんにおめでとう言ってくる♪」

1組を覗きに行ったけど、もうサワちんは部室に向かった後だった。

いいなぁ。きっと今頃三人でハグしてたりして。羨ましくて、目眩がする。

傷心

ため息。が、デカイって、カオリン。ライブ効果なのか、佐久間の想いが実ったらしく、バド部の彼女、莉桜(りお)ちゃんとうまくいったようで、二人で帰る姿を見かけたカオリンのため息が止まらない。

「大丈夫？」

「大丈夫じゃない。ダメージ半端ない」

「やっぱり」

「んっ？」

「あっ、ゴメン（笑）。最初に佐久間の話聞いたときから、そうかなって思ったから」

「バレたか。自分でも薄々気付いてはいたんだけど」

「キツイよね」

「キツイ。一緒のとこ見てから特に」

「一緒のとこ？」

「月曜、一緒に帰るとこ見ちゃって」

「あぁ」

「佐久間の顔が、いつもと違った」

「？」

「すっごく優しい顔。お母さんが赤ちゃんを見るような」

この場合お父さんでは？

「あっ、こういう顔するんだーって、衝撃」

「いつもはなんか憎たらしい感じだもんね、毒舌で」

「……」

ん、ノッてこない。重症だな。

「洋楽のラブ・ソングでやたらベイビーベイビー出てくるのってソレなんじゃない？　もーコイツかわいくてたまらん！的な」

「そうね、きっとソレ」

ハッ！　要らんこと言ってしまった。カオリン、目が死んでる。

ベイビー、ベイブ、愛しい人。


シーナくんお薦めの、スティクスの『ベイブ』を思い出した。

Babe / STYX (1979)

ペッタペタに甘いラブソングだけど、ツアー続きで奥さんに会えない淋しさを歌にして贈った曲、と聞いて素敵だなぁと思った。

写真を撮るとき、好きな人を見つめるつもりでカメラを見ると、すごくいい表情で写るって言うよね。

愛がないと…。もし仲の悪い夫婦だったら、しかめっ面に写るのかな。あークソ、むかつくわー、なんて。その人のことを思うだけで、表情が優しくなるなんて。好きな人、推しがいるのって、すごく幸せなことなのかもしれないな。なんというか、潤う。気持ちが。好きな人に、同じように思ってもらえたら、いいよねぇ、カオリン。ため息ついて、二人で中庭のベンチに座り、肩を寄せあった。

「あー、また二人でつるんでる！」

アヤだ！

「両想い来たー！　逃げろ～（笑）！」

あはははははは。

仲間がいて救われる、ブロークン・ハート。

Stop Your Sobbing

青みがかった滑らかで白い肌、涼やかな声、ビューラーの要らないぱっちりした黒目がちの瞳、ドラムを知らない人にもわかる、圧倒的なテクニック、でも鼻にかけない素朴で素直な性格のよさ。頭もいいし、生まれてこの方45kg越えたことがなさそうな、華奢ですんなりした佇（たたず）まい。ウチが憧れるものをいっぱい持ってるサワちん。大好きなシーナくんのハートも、おそらく間違いない。

少し早めに部室に着いたある日、ウチのなりたい人生ナンバーワンを具現化してるサワちゃんが、泣いていた。肩を震わせて、部室内の小部屋のテーブルに突っ伏して。


どうしたん？

だってサワちゃんって強い子じゃん。

ほとんど知り合いのいない軽音に一人で入部してきて、嫌がらせされても落ち込まず、無茶ぶりされても落ち着いて機転で乗り切って、おとなしいけど芯が強いっていうか、メンタル鋼。

そんなサワちゃんをこんなに泣かしたのって、誰なの？　ウチみたくすぐにベソかく女子の涙とは意味が違う。何かショックなことが、あったんだ。なんだろ、ペットが死んじゃったとか？


声を掛けられず、呆然と立ち尽くすウチ。どうしよ…なんて？　どうすれば？　…ぐるぐるしてたら、タイミング悪くLINEが鳴って、サワちゃんがパッと顔を上げた。

「あっ、マユちゃん」

ぎこちなく笑って、さっと目元を拭ったサワちゃん、やっぱり涙のあとが。

「どうした？　大丈夫？」

「大丈夫！　ちょっと寝不足で…、顔洗ってくるね」

ウチの横をすり抜けて、廊下に走っていった。

経験上、こういう時の女子の「大丈夫」って、たいてい大丈夫じゃない。お願い、そっとしておいて、のサイン。

あぁ、何かウチに出来ることないの？　サワちん。

LINEは…、うわー、拓斗だ。もう来ないと思ったのに。やっぱり会って話さないといけないかー。どうしよ。一対一は怖いけど、友達を面倒に巻き込みたくない。周りに人がいっぱいいるところなら大丈夫かな。駅前のマックで、金曜の放課後に会う約束をした。しっかり話して、わかってもらおう。

もう、自分を大事に出来ない恋はごめんだ。心細い。でも、絶対に負けない。


サワちん。

ウチでよかったら、いつでも相談にのるよ。ダメもとでLINEしてみた。

既読になったけど、夜になっても返事は、こなかった。

あぁ、泣かないで…サワちん。

ここは、舘ひろしよりも、プリテンダーズだな。

シーナくんの影響ですっかり懐かし洋楽にハマったウチ。

Stop Your Sobbing / Pretenders (1979)

歌詞を思い出した。

簡単には泣いたりしない甘え下手女子の流す涙の威力、半端ない。ウチでも、心揺さぶられた。ましてやシーナくんが見たら…。何が原因だろう？　気付いてあげてほしい。

木曜日の憂鬱（ゆううつ）

約束してしまったけど、明日、拓斗と会うのが、イヤだった。逃げ恥？　そんなドラマあったなぁ。逃げるは恥だが役に立つ。でも、いつまでも追いかけられるのは嫌だ。ウチをまだ、自分の持ちものだと思ってるヤツに、わからせなきゃ。でも誰か…、せめて近くで見守ってくれてたら心強いのに。

そういえば、昨日なんかサイトーが怪我した的な話を聞いたな。大丈夫かな。

ついでにダメ元で相談してみようか。

「おーい、サイトー」

「オス」

「バスケの時間に転んだんだって？」

「ビミョーに、ちが。田辺とぶつかった」

「あっ、岩石？　そりゃ負けるわ。メガネ壊れなかった？」

「ラッキーなことに」

「よかったじゃん」

「もっとラッキーなことが」

なんとシーナくんが練習を抜けて病院までついて来てくれたという。何ソレ！

そんな仲良しなの？　デキてんの？

時々二人を見かけるけど、肩組んだり、ふざけて抱き合ったり、最近とくに身体的接触多すぎ！

「オレの方が望み薄なんだからさ、大目に見ろよ」

わかんないじゃん！　シーナくんって全方位ラブの人たらしだから。カー、腹立つ。ずるい〜！　あっ、でも、彼はサワちんが好きなんだった。いつもここに、着地。

「そういえばこないだ、サワちん、泣いてたよ」

「どこで？」

部室で見た光景を話した。

昨日会ったサワちんは、いつもと変わらない様子だったから、何となくシーナくんも佐久間も知らないんじゃないか、そんな気がした。

「なんか悩みあんのかな」

サイトーも何も聞いてないなら、案外もう解決済み？　シーナくんならきっと上手に話聞いてあげれるだろうし。

「情報サンキュ」

「いいよ♪　ちょっとシーナくんに接近控えな！」

「ハハッw」

「バイバイ」

あっ、しまった。拓斗のこと、頼みそこねてしまった。

でも、やっぱりLINEでサラッと頼める内容じゃない。明日は、なんとか一人で乗り切ろう。

「ミアオー」

とんっと、膝に乗って来てくれた。ニャーム、ありがとう。大丈夫だからね。

サイアク

雨か。ユーウツ。

ユーウツな朝は、夜、家に帰って来て安心しているイメージを抱いて、自分を励まして出掛ける。

行ってきます、ママ、ニャーム。


放課後、待ち合わせの店に向かう道中、脳内一人会議で作戦を練りつつ、拓斗との今までのことを思い出していた。小さい子供とか、お年寄りとかには優しかったんだっけ。そういうところは好きだったかも。

これはナイわ〜。離れるきっかけになるポイントはいくつかあったのに、その違和感を見過ごしたから、こんなんなっちゃうんだな。そういう感覚、大事にしていこう。ちゃんと会話が成り立つ人と、付き合おう。

雨が上がって、蒸し暑さが増して、駅に着く頃にはすっかり汗をかいてしまった。バカだな、バスにすればよかった。でもきっと、行きたくないから時間稼ぎ、あはは。

マックに着き、前に待ち合わせをしたことがある二階の奥の席に向かった。いた。

「よう」

片手を挙げて、手招きしてきた。左耳にピアス、校則ゆるいな、最後に会った時よりチャラさが増していた。昨日のLINEの感じ、それまでより少しトーンが落ちてたから、冷静に話が出来るかもと思って来たけど、本人を前にするとやっぱり怖い。だってこいつ、チャッカマンだもの。どこで引火するかわからない。

「何頼む?」

「とくにいらない」

「そんなに警戒すんなよ」

「話、早く終わらせたいから」

はぁーっと大きくため息をついて、コーラのMサイズカップをテーブルに置いた。水滴の感じから結構長く待っていたのがわかった。

「今さらだけど、やっぱり性格が合わないし」

「なんでそう思う?」

正直に言ったらキレるよね。

「一緒にいて、色んな場面で感じたこと」

「いつだよ」

オイオイ、キレるの全く無自覚じゃないだろうなぁ？

「意見が合わないとき、頭はたかれたのもウチ的には絶対無理」

「あれは、悪かった。もうしないよ」

「そんなのわかんないよ」

友達同士でふざけて叩くのと違う、男子の叩く勢いの強さに、絶対的な腕力の差を感じて、すごく恐ろしかった。

「謝ったじゃん、あの時だって」

「謝ったからいいいってことじゃ…」

「屁理屈言うなよ、いちいちうるせぇな」

どこが屁理屈？　こういう、話を遮って最後まで聞いてくれないところがもうダメだから。

「とにかく、もう終わりにしたい。連絡してこないで」

早く、はやく帰りたい。

「結局は、アレだろ？　二股かけて、オレを切るんだろ？」

「違う」

「男と一緒に帰ってたろうが」

サイトーと帰るの、見られてた？

「そういうんじゃない」

「ごまかすな」

ドンッとテーブルを拳で叩いた。

また叩かれる？　椅子を引いて、距離をとった。

少し離れたテーブルの女子二人組が驚いてこっちを見たので、拓斗のトーンが下がった。

相変わらずエエカッコしい。

「もう付き合ってんのか？」

喋るのイヤだ。首を横に振った。

「じゃあ今フリーじゃん、ヨリ戻そうぜ」

「やだ」

フリーだからってなんでアンタと付き合わないといけないの。

「なんで」

「好きな人がいるから」

「ソレ見ろ、やっぱお前の心変わりじゃん」

お前呼ばわりヤメテ。

「いなくても、拓斗とはもう無理だって」

なんか、堂々巡り。誰か助けて。

「ガンコだな」

そういう問題？　話が全然通じない。

「どうしてもって言うなら」

立ち上がって耳元に顔を寄せてきた。咄嗟のことで避けきれず、聞いてしまった言葉は、

「別れる前に、一回ヤらせてよ」

冷たい水を頭からかけられたみたいに、頬や腕がサァッと冷たくなって鳥肌が立った。

その瞬間、斜め後方の席の男子二人組が笑ったのに気付いた。同じ制服。仲間？

心底ゾッとした。

執着してたのって、そこ？　せっかく付き合ったから、ヤらないと別れない？　ゲスい。

最悪。

たとえ短い期間でも、こんな奴と付き合ってしまった自分を殴りたい。

「帰る」

もう話す必要なし。そもそも来たのが、間違いだった。

手荷物をまとめて、顔を見ずに階段に向かった。

早く離れたくて、駆け下りる。信じられない、追ってくる！

「真侑、冗談だって！　本気にすんなよ」

「来ないで」

顔、見たくない。キモい。

駅の雑踏に逃げ込む前に追いつかれ、左手に下げていたサブバッグを奪い取られた。

「返して」

手作りの、大事なバッグ。

「取りに来いよ」

「近づきたくない。下に置いて」

「置いていいの？　じゃ、置く」

と言って、実際には胸ぐらいの高さから、足元の水溜まりに、落とした。

カシャ、と儚い音がして、中の何かが壊れたのがわかった。ビショビショ、泥々。

カバンからコンビニの袋を出して、無惨に散らばった宝物を拾い集め、奪い返した。

これは、ウチを傷つけようとしてやってんだ。絶対に泣くもんか。

「気が済んだ？」

多少は気がとがめたのか、黙りこんだ拓斗の横を通って、駅に向かった。

背後から、声。

「真侑、ゴメン！　あとで連絡する」

まだそんなこと言ってる！　怒りと呆（あき）れでズッコケそうになった。

いらない！

もうほっといて！

改札を通り抜け、全力で走った。

帰宅

どうかママがまだ帰っていませんように。

余計な心配させたくない。祈るような気持ちで鍵を開けた。よかった、まだだ。

手を洗って、洗面所で泥々になったバッグを確認、手鏡は割れてしまったけど、ママがくれたビニール・ポーチに入れていたスマホは無事だった。よかった。

中学で友達関係がつらかったとき、ずっとニャームと一緒にいたくて気晴らしに作った小さなサブバッグ。生地から選んで、黒猫のアップリケを付けて、取っ手の補強の仕方とか、手芸店のお姉さんに相談したっけ。下手くそだけど、大事にしてたのに。シーナくんもイカスって褒めてくれたのにな。パステルブルーの色が濁って、洗ってももう元には戻らない。…

悔しい。

「ミァウ」

「ニャーム」

のしっと、ふくらはぎにオデコの圧。

「ただいま」

ありがとう、元気でいてくれて。


疲れた。とっても疲れた。

考えるの、やめた。

暗黒

駅まで続く道を、ひとり歩いていた。

体が重くて、行きたくないのに、みんなと約束したから、大事な練習があるから、自分を奮い立たせて、ひたすら歩く。

公園の脇道に差し掛かった処で、木立の奥から誰かが走ってきた。

「どこ行くんだよ！」

拓斗だ。

通せんぼされて、

「知らない。アンタとは喋んない」

後退りしたら、後ろから誰かが覆い被さってきた。

「ひゃ」

叫ぼうとした口と鼻を大きな手で塞がれ、手首を掴まれて、身動きが取れない。息が、出来ない。

あっという間に三人に取り囲まれている。

駅に行きたいのに、みんなと約束したのに。

意思に反して公園の方に、暗い方に、ずるずると引き摺られていく。踏ん張っても全然力が足りない。地面に標（しる）される、靴のあと。

ダメだ、もうおしまい。

「ニャー！」

猫？

ニャーム！

汗びっしょりで目が覚めた。夢でよかったー。

抱えられて地面を引き摺られた感覚がやけにリアルで、冷たい汗が背中を伝う。

昼間に嫌なこと言われたせいだな。もう、やだー。

スマホが光り、なんかLINEでいっぱいメッセージが来てる。見るのも、嫌。

別れるって決めたとき、すぐにブロックすればよかったな。LINEでなんとかわかってもらおうと、いつまでも繋がってたのがよくなかったんだ。


今日の二人は、仲間？

自分のことを仲間内で話されていると思うと、寒気がする。

どうしよう。

誰か、助けて。

カレシ

4時に目覚めた怖い夢のあと、朝まで眠れなかった。

どうすれば解放されるのか、週末に考えて考えて、ダメ元で、サイトーに頼んでみることにした。

月曜日、新百合ヶ丘の改札で、ひたすら待ち、姿を見つけて、駆け寄った。

「おはよう」

「よう、珍しいな。待ち伏せもうやめたんじゃねーの？」

「ウン。サイトーのこと待ってた。ちょっとお願いがあって」

「なんだよ、LINE すりゃいいのに」

「LINE だと言いづらくて」

「歩きながら聞くよ」

よかった、会えて。でも、なんて言おう。絶対に迷惑。幼なじみだからって、果たして聞いてくれるかな？

「何なん」

「ちょっと…言いづらい」

「言ってみ？」

「カレシになってくれない？」

「は？」

意味わかんないよね。お互いシーナくん推しだもの。鳩が豆鉄砲くらったって表現がピッタリの表情のサイトー。

「てか、カレシのふりしてほしいんだけど」

「何でだよ」

「元カレが…しつっこくって、困ってる。金曜日も、追い掛けられて」

「ヤバい奴じゃん、そいつ」

バッグを取られた話をしているうちに、悔しくて涙が出てきた。絶対に泣かないって誓ったのに。

「泣くなよ。オレがそいつにつきまとうなって言ってやるから」

言いながら、ハンカチを貸してくれた。ちゃんとハンカチ持ってること、きちんとアイロンがかかって良い香りがしたこと、運動部男子にしては、ポイント高い。褒めたら、ちょっと嬉しそうだった。

「ホントに頼める?」

「いいよ」

「ありがとう!」

よかった。こんなに簡単に引き受けてくれるなんて。サイトー、いいヤツ! あぁ、すっごく安心した。

「じゃあ、あとで作戦会議ね!」

ありがとう、サイトー! 校門で別れたあとも、背中を拝みたい気分。一人じゃないって、本当に心強い。

作戦会議

問題は、ただ一つ。

サイトーとウチの雰囲気があんまりマッチしていないこと。

ギャルっぽいウチと、ガチで陸上部頑張ってるサイトー。

並んで歩いてもカップルに見えなかったら、「彼氏が出来たら諦める」ってLINEしてきた拓斗に対して説得力がない。

髪かな？　ゴツくて四角いメガネ？　シャツもネクタイも、もう少し着崩したらこなれ感出て、絶対カッコよくなる。ウチにスタイリング任せてもらうには、どうしたら？　変なこだわり持ってないといいんだけど。

サイトーと帰るから！とSASAMIのみんなに言っても、反応薄。この、イケてないイメージを変えたい。素材は絶対にいいはず。

朝に続いて、帰りも改札で待った。ラッキー、一人だ。

「なんだよ、待ち伏せ得意だなオイ」

よかった、そんなに嫌そうには見えない。

「今日、ちょっとだけ時間ある？」

「作戦会議ってやつ？」

「そう。少しスタイリング必要。サイトーの」

「なんで」

「気ぃ悪くしたらゴメンね、サイトーの着こなしってカッチリして遊びがないから、ウチのカレシに見えないかなぁって思って」

「大きなお世話」

気を悪くした？　でも、しょーがねぇなって、笑ってくれた。

「ちょっと、いじらせてくれる？　髪とネクタイと、メガネと…コンタクトレンズしたことある？」

「部活の練習用に持ってるけど」

ヤッター！　メガネがなければだいぶイメージ変わるはず。

予想に反してスタイリングをウチに一時的に任せることに、素直に同意してくれた。

鏡があって、明るい個室で男女兼用なところ。駅近くのデパートのプリクラコーナーに、とりあえず向かった。

「ちょっと髪、触るね。屈(かが)んでくれる？」

「ん」

１５８㎝のウチとは身長差、少なくとも20㎝はありそう。何もつけていないサラサラの短髪に、ワックスをつけて分け目をランダムに乱し、後方に向けて立ち上げる。

「オデコちょっと出してみようか」

されるがままに目をつぶった姿が、何か、カワイイ。これって、大型犬を手懐けたような感じ？　メガネを外して、これまた手を加えたことのなさそうな眉にそっと触れると、ピクッと反応した。

「あっ、ゴメン」

「いいよ」

嫌かな？　表情を見ながら交渉し、下がった眉尻を整えさせてもらうことに成功。男子であんまりキメキメの細眉ってヤだから、元の良い形を生かしてなるべく自然なカーブで。

わー、何か楽しい♪　元がいいもん、絶対カッコよくなるよコレ。

「目、開いていいよ」

ゆっくり開けたサイトーの、切れ長の目と視線がぶつかり、ちょっとドキッとした。

目がきれい。メガネで隠すの、やっぱりもったいないね。

「あと、ネクタイ！　そんなにカッチリ結ばないで、も少しラフに」

ちょっと気持ち、緩めてあげた。袖も、あんまりキッチリ折らないで、くしゃっとザックりたくしあげる。うん、イイ感じ。サイトーってこんな男前だっけ？　日焼け具合が、またちょうどいいんだな。

「出来たー！　ちょっと予想よりもかなりイイ感じ！　記念に撮ろ？」

カップルっぽく寄り添って、数枚撮ってみた。出来上がったフォトを見て驚いた。

ヤバ！　サイトー、カッコいい。

「見てみて！」

「ちょっと待て、コンタクト入れないとよく見えん」

ドライアイだからあんまり好きじゃない…とブツブツ言いながら、コンタクトを入れたサイトーが、固まった。

「マジか」

驚くよね。ちょっとイジッただけで、こんなに雰囲気、変わるかな？　程よくチャラい、ウチのスタイリングが見事にハマった。

「サイトー、けっこう化けるね。普段のゴツいメガネしてないと、みんなわかんないかも」

SASAMIのみんなに見せたらビックリするかな？

「サンキュ、でもこれ、自分じゃ再現出来ねーや」

「だよね。早速だけど、ちょっと今日、帰りにウチの家の近くまで送ってくれる？　反対方向で悪いんだけど」

「全然いいけど。そもそもなんで、カレシのふりを？」

「好きな人ができた、と言って別れたんだけど、そいつとカップルにならない限り、諦めない！って言われて」

「好きな人って…」

「そう、シーナくん。ウチ的にはイケると思ったんだけど、勘違いだったから」

「て、ことは、オレは軽音楽部的な雰囲気をまとわなきゃイカン？」

「何部かは言ってないよ。シーナくんのことがなくても、怒ると怖いから別れたかったの」

「男の趣味悪いな」、以前サイトーに言われた言葉が突き刺さる。ホントにそう。でも、そんな自分から、変わりたい。

「そいつ、家どこ？」

「町田。高校もそっち。LINEで、今週またこっちに来る、言われてて…怖い」

「わかった。とりあえず家まで送るよ」

「ありがとう」

もしかしたらどこかで鉢合わせになるかも？　心強いけど、サイトーが絡まれたらどうしよう。

「そいつとまだ連絡とってる？」

「もうブロックしたから…どこで待ってるかわかんない」

新百合ヶ丘の駅前には、いなかった。

ウチの最寄りの百合ヶ丘の改札を出て、二人で道路を渡り、この間の嫌な夢に出てきた公園の前を通りかかったところ…いた！

こんな家の近くまで来るなんて。固まったウチに気付いて、サイトーが足を止めた。


スマホから顔を上げて近づいてくる拓斗を見て、

「アイツが、言ってた奴？」

表情ひとつ変えず、サイトーが言った。

「そう」

拓斗が怖くて、サイトーの陰に隠れながら、答えた。

「真侑、バッグ、悪かった。ついカッとなって…、全然話聞いてくれねえから」

「…」

「同じようなの、探したんだけど、見つからなくて」

「…」

もう、話したくない。どうしよう？　気まずい沈黙のなか、サイトーがウチを庇うように、話してくれた。

「バッグ、手作りですごく大事にしてたやつなんだ」

ん？　何で知ってるの？

「…すまん」

わっ、拓斗が謝った！

「それと、こいつすごく怖がってるから、いつまでもつきまとうの、やめてくれよ」

直球！　サイトー、ありがとう。んん…拓斗の顔色が変わった。

「…お前に言われたかねーんだよ」

ダメだ、これ、キレるやつ。危ない！

「なんでオレじゃダメだったのか、言えよ！」

やっぱりきたー！

サイトー越しに拓斗の腕が伸びてきて、「捕まる！」目をつぶった。

ドサッ！

重い布袋を地面に落としたような音がして、気がつくと拓斗が倒れていた。

サイトーが？

「クッソー！」

拓斗が、起き上がった。

「そういうとこ！」

夢中で叫んでいた。

「怒ると怖いとこ、自分の意見ばっかり通すとこ、話を聞いてくれないところ！」

拓斗は、地面に膝をついたままウチを睨み付け、「ゴチャゴチャうるせー女だな！」と叫び、土埃（つちぼこり）を払って立ち上がると、何か小さな包みを地面に叩きつけて、後ろも見ずに立ち去ろうとした。

ふと立ち止まり、振り返って、

「真侑、後悔するぞ！」

捨て台詞を残して、駅の方向へ走って行った。

後悔って…。付き合ったこと、後悔してるよ、もう。

拓斗が置いていった包みを、サイトーが拾ってくれた。ラッピングに見覚えがある。

ウチの好きな、町田の洋菓子店のマシュマロだった。覚えててくれたんだ。ちょっとだけココロが痛んだ。でも、ダメダメ、きっとおんなじことの繰り返し。元サヤになったら、拓斗はきっとまたウチを傷つけ、踏みつけてくる。

「サイトー、ありがと。拓斗、ビビリだから、多分もう来ないよ」

「よかった、怪我させなくて。オレも怪我したくねーし」

「なんか、サイトー、ケンカ慣れしてるね、意外」

「うち、男ばっかだから。上の兄貴は東海大ボクシング部」

「ひぇー」

その瞬間は見てなかったけど、大きな怪我もさせずに、あのカッコつけ野郎を軽くスッ転ばせたの、すごい。拓斗も、ビックリしてたなぁ。ちょっとウケる。

「マシュマロ」

「え？」

「いらねーの？　拓斗とやらがせっかく…中身は無事だぞ」

「いらなぁい。サイトーにあげる。あっ、ちゃんと別でお礼はするからね」

もらってくれて、よかった。かわいいラッピングのお菓子を、公園のゴミ箱に捨てるのは、なんか悲しい。サヨナラ、拓斗。

「バッグ」

「ん？」

「ウチの手作りってなんでわかったの？」

「そりゃあ、お前んちのネコそっくりの、あのビミョーなアップリケ」

「もう（笑）！」

ジャンプして、アタマをポカリとやった。

「あの、いっつも持ってたやつだろ？」

「うん」

「残念だったけど、また作ればいいじゃん。今度はもっとバージョン・アップして」

「そうだね」

ダメになったからこそ、新しいものが作れる。前に進もう。サイトーの優しい笑顔が、胸に沁みた。

「家まで送るよ」

「ありがと」

あぁ、安心感。もし一人だったら、どうなっていただろう。

追いかけっこ？　ウチもそこそこ速いけど、捕まったかもなぁ。

そうだ、サイトーは脚も速いんだっけ。

ほんの少し日の翳ってきたいつもの道を、黙って二人で歩く。何も話さなくても、気まずさのない関係。家族以外でそういう存在って、案外いないなぁ…なんて、あまり話さないうちに、あっと言う間に家に着いてしまった。

「じゃあな」

「サイトー！」

去っていく後姿に、たまらず声を掛けた。

「早く中入れ。鍵かけろよ」

「わかった。ありがとう」

ありがとう、サイトー。

「鍵かけろよ」なんて、お兄ちゃんみたい。サイトーみたいなお兄ちゃんがいたら、よかったな。優しくて、余計なことは訊かなくて、ケンカ強くて、守ってくれて。…ちょっとカッコよくて。

ん？　由依からLINE。


「マユ～☆　今日、なんで急いで帰ったの？」

「言わなかったっけ？　サイトーと約束あって」

「ウソだね～。知佳が、駅でめっちゃイケメンと歩いてるの見たって言ってたよ」

プッ（笑）。吹いた。それってサイトーだし。

「えー？　ウチ、サイトーと帰ったけど？」

「またまた～！　どこで出逢ったか教えてよ。シーナくん推しやめたの？」

「やめてない。とにかくウチはサイトーと帰ったから」

「？？」


そんなに違う？　アー、でもメガネないとわかんないか。サイトー、背も高いし、カッコいいんだよね、普通に。容姿の良さに、本人が全然気付いてないのも、いい。しょっちゅう鏡や窓ガラスに映る自分を気にしぃのカレシと、付き合ってきたウチは思った。

もしあのまんま学校に来たら、みんなビックリするかな。ワックスとジェルはお礼にあげたけど、でも「自分じゃ再現出来ねー」言ってたっけ。

みんなに見せたいような、見せたくないような。これってどういう感情？

美味しいお店を人に教えたくないのと、近いかな。それってどうして？

ひとり占め、したいから？

あはは、ナイナイ。サイトーだもん。アリガトー、サイトーって、韻踏んじゃってるし。

ね、ニャーム、どう思う？　アイツ、いいヤツだよね。

「ニャー！」

デビュー

次の日、朝から暑くて今日はバスにしようと乗場に行くと、ニコニコした由依が待っていた。

「マユ、おはよ！」

「おはよう」

めっちゃ笑顔。何か言いたそう。

「一時期、元気ないから心配してたんだ。よかったね」

「何が？」

まだカンチガイしてる。実物よく見たら、きっと気付くはず。サイトー、あのアタマで来るかな、今日。

ついでにつんつるてんのズボン丈も、サイトーママに直して貰ってたら完璧なんだけど。

学校前の坂道に差し掛かったときに、バスの窓から、シーナくんと肩を並べて歩くサイトー発見。おっ、ヘア・スタイリング、上手いじゃん。何ならちょっとやり過ぎた昨日よりナチュラルで、素敵。シャツの着こなしも、カッコいい。ズボン丈も…直ってる。今日もコンタクト？　えー、ヤバイ、これは女子がほっとかない。

「由依、見て。知佳が駅で見かけたのって、サイトーじゃない？」

指をさすと、

「え？　あの塩顔イケメン、斎藤佑（たすく）？　もろ、タイプなんだけど」

バスから降りて、校門の近くで、サイトーとシーナくんに会えた。

バッチリじゃん。親指立てて、ウインクしたら、ホッとしたようなサイトーの笑顔。

ウインク下手だなぁ、ウチ。何か口が開いちゃうんだよね。

「何？　二人で目配せして、意味深じゃん。いいなぁ、マユ」

由依が嬉しそう。周りの女子もチラチラ、サイトーを見てる。予想を遥かに超える反響。

教室に入ったら、アヤが、

「シーナとつるんでたの誰？　ウソ！　サイトー？　いいね、髪型」

髪型変えてメガネやめて、ボサボサ眉ちょっと直しただけでこんなに変わるなんて、どんだけダサかったの、サイトー？　おそらく生涯最大のモテ期かもしれないのに、今好きなのがシーナくん、男子って！　なんて間が悪いの？　サイトーってば（笑）。

寄り添って歩く二人は、いわゆる腐女子の好きな、BLカップルに見えなくもなかった。どっちが攻め？　受け？とか、よく知らないけど。サイトーはシーナくんが好きだから、シャレになんないじゃん！　アタマをぶんぶん振って、変な妄想を打ち消した。


二時間目の化学の教室移動のときに、知佳に声を掛けられた。

「マユー、ビックリしたよ」

「ああ、サイトー？」

「ねっ、二人付き合ってんの？」

「ナイナイ！　幼なじみ」

「ふぅん、斎藤くん、カッコいいよね。アタシ、いってみようかな」

無理だと思うけど。ヤツは今、シーナくん推しだし。

「いいんじゃない？」

「ありがと！」

知佳もシーナくん推しじゃないっけ？　変り身、早！　カッコよければ誰でもいいのかな？　アンタは、サイトーの何を知ってるの？　知佳が笑顔で去ってからも、何だかモヤモヤした。

でも、ウチだって、シーナくんに一目惚れして、待伏せしたり、勝手に色々妄想したり…。話してますます好きになったけど、取っ掛かりは、見た目。

見た目がいい人って、大変なんだ。不特定多数の相手からの、色んな妄想や恋慕を日常的に浴びるって、しんどいよね。本当に自分が好きなのか、勝手な思い込みで迫って来てるのか、自分で見極めなきゃならないし。それを商売にしている、アイドルって、すごいな。メンタル鋼じゃないと、無理。ストーカーに遭ったりするもんね。ウチも何回かコクられたことがあるけど、飛びきりルックスがいいわけじゃなくて、足りないものを髪型とか今どきセンスでカバーしてるだけ。サワちんみたく、素材から可愛らしい子とはちょっと違う。

サワちんが、ずっとショートでボーイッシュにしてたのって、男子避けかも？　でも、この頃、髪伸ばしてるなぁ。心境の変化？


髪！

髪ってやっぱり重要。顔立ちが絵なら、髪は額縁。絵が少々ショボくても、額縁が素敵で絵に合ってると、絵そのものも、すっごく垢抜ける。サイトーは顔立ちがきれいだからイジリがいがあったけど、他にも、髪が残念な子、けっこういる、男子も女子も。あくまでウチの好みだけど。

変な刈上げ、微妙な分け目、切りすぎ前髪、ジェルの付けすぎ。もっともっと、素敵になるのに、かわいくなるのに。


休み時間、「きみしろ」ボーカルのショーくん、来た。誰か、探してる？

「よう！」

程よく焼けた肌に八重歯、笑うと、童顔がますますかわいい。

「カオリンなら、3組だよ」

「なっ!?」

赤くなった。わかりやすい（笑）。

「なんでわかった？　ライブのとき、ギターのピック失くして借りたから、夏休み前に返しに」

そっか、ここんとこカオリン部活、休んでたもんなぁ。

「カオリン、今日は行くって言ってたよ」

「マジ？　じゃあ、そんときでいいや」

パァッと顔が明るくなった。も〜、わかりやすすぎ。

「渡しておこうか？」

「いい！　自分で」

大切そうに持った小さな包みを、背中に隠した。

とらないってば。

じゃあな！と去っていく後姿、ハッピー・オーラ。かわいいなぁ、もう。生粋のパンクスだけど、音楽選択クラスで実はピアノもめっちゃ上手いんだよね。ギャップ！

あとはその、少し長い襟足の髪、切っちゃった方がきっと格好いいよ。

みんなのヘア・スタイリングやりたいなぁ。その人のいいところを生かすお手伝いをしたい。将来、そっちの道を目指そうかな。

同志

部活が終わって、久々に四人揃ったSASAMIのみんなとの帰り道、校門の近くでサイトーに会った。

会ったというか、誰か待ってた？　由依がいち早く気付き、

「ちょっとちょっと！　斎藤くんが待ってるよ。マユじゃないの？」

由依の興奮を宥(なだ)めて、その長身の男子に一歩一歩近づくと、やっぱりそれはサイトーで、

「どうしたん？」

声を掛けると、

「平野を待ってた」と、ひと言。えっ、ちょっ、何でこのタイミング？

アヤが、意味深に笑いながら、小突いてくる。

「じゃ、私らオジャマだから」

笑みを浮かべて去っていく三人を見ながら、サイトーの間の悪さに、ウチもちょっと可笑しくて笑ってしまった。

「ん？」

微妙な雰囲気に首をかしげながらも、スポーツバッグを担いで佇むサイトーの立ち姿は、カッコよかった。なんというか、以前は感じられなかった、余裕？

あ〜あ、また由依に冷やかされるなぁと思いつつ、「何か話？」と、サイトーの次の言葉を、待った。

「ああ。平野に教わったスタイリング、女子受けメチャよかった。ありがとな」

「そんなん、全然いいよ。言ったでしょ？　サイトーは元がいいから、化けるって」

まぁ今、女子にモテても困るんだろうけど。

「それと、シナユーの夏休み情報、知らせたくて」

「何なに？」

急にテンション上がった。立ち話してると、また誰かに誤解されて厄介だな。二人で並んで、校門を出た。

「8月上旬から宮城に帰るらしい」

「いつまで？」

「わからん。結構のんびりするって言ってたから、長いかも」

「そっかー。花火大会に誘いたかったのになぁ」

「多摩川？」

「そう。1対1は無理めだから、サイトー込みで」

「何だよ、オレの都合も訊けよ」

ちょっとムッとしたけど、目が笑ってる。

「どーせヒマでしょ(笑)。ウソウソ、ゴメン。シーナくんが望めばサワちんも誘おうかと…」

「あー、それ！　宮城に帰ったら、仙台の臼井ちゃんちに遊びに行くって言ってたぞ」

「えー！　もうそんなに進んでる？　わー、もーダメだー！」

「まだシナユーはコクってないよ。オレ、コクり方相談されたから」

サイトーの表情が少し淋しげに曇った。それ残酷！

「つらかったね」手を高く伸ばして、頭をヨシヨシした。

コクり方…、それはつまり、サワちんへの。もう、わかってたけど、あらためて突き付けられると、やっぱりつらい。

「うぇ〜ん、サイトー（泣）！」

袖を掴んで、涙をこらえた。

「泣くな、バカ。オレも泣きたい」

顔を見ると、泣いてはいないけど、涼しげな切れ長の目が、悲しみを湛えていた。

「つらいけど、アイツが幸せなのは嬉しいんだ、すごく」

「嬉しい？」

「今まで、人が良すぎて、変な自己中なヤツに傷つけられるとこ見てきたから」

変なやつ…。ウチも変なやつのうちの一人かも。

「あの子だったら、いい。あの子は、シナユーがずっと探してた子なんだ」

サイトーもサワちん推し？　ウチとどんだけ好みが被るの。

「エド・シーランて、知らん？」

「何それ。シャレ？」

懐かし洋楽はいっぱい奨めてもらったけど、最近の流行りはあんまりわかんない。

「その、エド・シーランの曲で、出逢った瞬間世界が変わったって歌詞があって」

「なんて曲？」

「すまん、度忘れ」

「もう！」

「許せ。たしか、テイラー・スウィフトとデュエットしてるやつ」

「うーん、あとで検索してみよ」

「昨日までの人生が変わるくらいの出逢いだって、あの子と会って感じたって言ってたよ」

「さすが、親友。そんな深い話もするんだ、いいなぁ」

きっと聞いてて辛かったろうに、それでもシーナくんが幸せで嬉しいと心から語るサイトーの愛は、深い。かなわない。ウチなんて、シーナくんに好かれたがってるだけだもの。どうすれば彼が幸せかなんて、考えが及ばなかった。独りよがり。好意の押し付け。

「ウチの負け。サイトー、偉い」

「何だよ、それ」

「相手の幸せを何よりも願うって、愛だね」

「クッサ！　どうした？」

「だって、そうジャン！　愛してるんだよ」

「ハハハ」

「笑うとこじゃなーい！　そしたらさ、やっぱりストーカーは愛がないね」

「相手の気持ちはお構いなしだからな。その後、どうだ？」

「ブロックしたからわかんないけど、収まった気がする。サイトーのおかげ」

「気をつけろよ。なるべく一人で帰んないように」

「ん、大丈夫」

「もし誰もいなかったら、オレ呼べ。今日みたいに待ってるから」

優しいなぁ、サイトー。でも、それじゃますます付き合ってるみたいになっちゃうな。知佳に恨まれる…。女子の嫉妬は、怖いんだ。

「うん、わかった」

いっそのこと、サイトーがカレシだったらな。はっ、何考えてんだ、ウチ。失恋のショックでイカれてる。

「どうした？」

一瞬固まったウチに、サイトーが顔を近づけてきた。わっ、どアップやめて！　まだ見慣れない。サイトーに何ドキドキしてんだ〜、もう。

「やっ、何でもない。今日、その髪とコンタクトで来ると思わなかったよ。すごく上手に出来たじゃん、スタイリング」

「ああ、テキトー。シナユーに見せたくて」

そのために？　サイトー、かわいい！

「何て言われた？」

「ん。似合うって」

嬉しそう。あぁ、ホントに好きなんだな、シーナくんのこと。イメチェンした自分を見せたい気持ち、わかる〜。

「よかったジャン」

背中を叩いたら、「うるせーな」と、照れた。

「ずっとそのスタイルで来たら？」

「髪はともかく、目がつらい」

「メガネ、選んであげよっか。似合いそうなやつ」

「マジで？　助かる」

自分から誘っておいて、また誰か女子に見られるんじゃないかと、ちょっと不安になった。でもサイトーは、全然気にする素振りも見せず、いつも通り優しかった。そうだな、ちょっとイケメン仕様になっても、サイトーはサイトーなんだ。率直で、飾らなくて、カッコつけず、見栄も張らない。

駅前ビルのショップで一緒にメガネを選ぶのは、心地よく、楽しかった。

そうだよ、だってウチら、同志だもんね、シーナくん推し。

Waiting For A Girl Like You

サイトーが言ってたエド・シーランとテイラー・スウィフトの曲は、すぐわかった。

シーナくんがくれたお奨めリストには入っていなかったけど、すごく素敵な曲。

どっちかというとテイラー・スウィフトの方がメインじゃないの？　これ。

Everything Has Changed ft. Ed Sheeran / Taylor Swift（2012）

いいなぁ、「出逢った瞬間、全てが変わった」なんて言われてみた〜ぃ。聴いてるうちに、お奨めリストに入っていたある曲を思い出した。フォリナーのガール・ライクユー。

Waiting For A Girl Like You / FOREIGNER（1981）

君みたいな女の子を、待っていたんだ
君みたいな子が
僕の人生に現れるのを
新しい出会いを待っていたんだ

ネットによるとビルボードで10週連続2位で、ついに1位になれなかった曲。大ヒットなのにね。歌詞も、これだ！という人に出逢えた喜びをうたっている割にはどこか悲しげで、メロディも切なく、まるで失恋の歌みたい。でも、素敵だな。こんな風に思ってくれる人に、出逢えたら。

かけがえのない大切な人に出逢うと、その人を失うのが、怖いよね。出逢う前には戻りたくなくて、執着してしまう。

執着→自分だけのもの→逃がすもんか→監視→つきまとい→ストーカー
ヤバ！　思い入れが強すぎるのってよくないね。

人はどんどん変わるから。自分でどうにか出来るのは、自分の気持ちだけ。自分の気持ちだって、うまくハンドルできないときもあるのに、人の気持ちなんか無理。

拓斗みたいに怒りっぽい人は、人に対する期待が大きいんだ。

してくれるはず、聞いてくれるはず、わかってくれるはず。大変。それって生きづらい。

本人も、そして、周りも。

シーナくんは、基本いつも機嫌がいい。ニコニコと優しくて、こっちの変化にもすぐに気付いてくれる。

人に対する期待値が低い？　そういうんじゃないんだな。

ありのままを受けとめてくれる。そういう気分なんだね、って。だから、こっちも、構えなくていい。

態度が変わらないのは、誰に対しても等しくリスペクトがあるから。可愛いから優先、とか、そういう分け隔てがないから、女子にモテるんだな。

拓斗に会うときは、とにかく機嫌よくいてもらうために骨を折った。だんだんトリセツがわかってきて、うまくやっていけるかなと思ったけど、一生懸命やっている人たち（お店のスタッフ、窓口業務の人、乗務員さんetc.）への、容赦のない物言いに徐々に冷めてしまった。自分だけに優しくても、全っ然、嬉しくない。

俺様な態度をとる男子って、きっとホントはそんなに強くない。こっちが客で、相手側が言い返せない立場の場合なんかは、特にそう。弱いもの苛めって、カッコ悪いよ。ホントに強ければ、アピールする必要なんて、ないんだもん。

そういえば、こないだウチに掴みかかろうとしてきた拓斗を、軽くいなしたサイトー、カッコよかったなぁ。この頃よくサイトーのことを、考える。

「いいヤツは、いっぱいいるよ。ただ見た目がイマイチだから、気付かないだけで」

男子一般をディスろうとしたウチに、男子代表みたいに反論したサイトー。サイトーは、男子友達多いもんな。みんな、たすく、たすくーって。

本当にそうなのかもしれない。見た目でハジかれがちなメンズの中にも、男気があって、誠実で優しくて、女子が求めるものを確かに持ってる人が、きっとたくさんいるはず。考え改めよっと。

そうだよ、とことん不細工な人なんて、実はいないんだよね。みんな何かしら、その人にしかない魅力がある。だから、似合うスタイリングをすれば、みんなそこそこイケるんじゃない？　サイトーはちょっと化けすぎだけど。

「サイトーってホントに、いいヤツだね、ニャーム」

「ゴロゴロ…」

声フェチ

「どうした？　恋わずらい？　ハハ」

はぁぁぁ、ため息ついたら、アヤに言われた。まぁ、そんな感じ？　アヤはいいなぁ、両想い。夏休み明けには、きっとシーナくんとサワちんはカップル。サイトーみたいに二人の幸せを祈りたいけど、それでもやっぱりつらいなぁ。

「アヤは、ヨッチャンのどこが良かったの？」

「んー、色々あるけど、まずは、声」

「声？」

「シーナたちとジャムった時、ヨッチャンの歌聴いたらゾクゾクしちゃって」

「苦手なロン毛も気にならないくらい？」

「アハハ、普段から喋る声が好きで、気になってたんだよね。歌で一気にヤられちゃって」

声、ねぇ。そういえばウチも、シーナくんのハスキーな声、好きだわ。

「声って結構大事だよ。トシ取ってもそんなに変わんないからね」

「なるほど。イケメンでも声が変に甲高かったら、ちょっとイヤかな」

「アッハハ、そうそう」

声。サイトーの声も好きだな。ちょっと低めで、響きが優しくて、聴くとホッとする。

なんだか、サイトーのことが、気になる。

夏休み

毎日暑いなか学校に行かなくていいのは嬉しいけど、みんなに会えないのは寂しい。

軽音部って、吹奏楽部みたいにガンガン休み返上で練習したりしないもんね。

学校が休みで寂しいなんて、小・中学校では考えもしなかったこと。進路で迷ったときに、この高校を選んだ自分を褒めたい！　受かってよかったー。

ここに通わなかったら会えなかった人たち。

寂しさが教えてくれた幸せ。会いたい人がたくさんいること、なんて幸せ。

「マユー、洗濯物たたむの手伝って」

「あーい」

「この間、久々にたっくん見たよ。なんかすっごいイケメンになっちゃって」

「サイトー？」

ママの世代から見ても、やっぱイケメンなんだ。

「雰囲気変わったね。中学では勉強小僧みたいだったのに」

「今も、勉強も部活も頑張ってるみたいだよ。全然チャラついてない」

「そう？　高校デビューってやつかと思った」

「違うちがう」

「ママ昔ね、学生の頃、イケメン製造機って友達に言われてて」

「何それ、ウケる」

「付き合った男子に、着るものとか髪形とか、こっちが似合うよってアドバイスしてるうちにどんどんカッコよくなって、調子こいた相手に他の女子がアプローチして、結果別れるという」

「それってまさか、ウチの遺伝子情報上のパパも、そのパターン？」

「あー、そういえば、そうだね。ヤツは、大学デビューか」

ガーン！　DNA、怖！

「マユがいるってわかったのって、別れたあとだったからね。一応知らせとくか、って話したら、何か知らないけどすごく喜んで、ヨリを戻そうって言ってくれたんだけど」

「無理だった？」

「すごく迷ったけど、そのあと色々あって…結局元には戻れなかった。戻っても、きっと同じことの繰り返しって思ったから」

「…」

「ゴメンね、嫌な話。でも、すぐ認知してくれたし、養育費も、月々増減はあるけど、今まで一回も遅れたことないよ」

「何フォローしてんの」

「だってマユの父親だもの、一応。いいところもいっぱいあったから、そういうのは知ってほしい」

「いいって、そういうの」

なんでこの、洗濯物たたむタイミングでそんな話を？　あっ、サイトーの話からの流れか。

別れた理由が、相方の大学デビューって！

イケメン製造機のＤＮＡがあるなら、ウチってやっぱり、将来それで食べていけんじゃない？　ちょっと色々学校調べてみようっと。

ママは残念だったけど、出来たらそのセンスを磨いて、人が幸せになるお手伝いをしたい。

サイトーは、大丈夫だよね。今好きなのはシーナくんだし、チャラついてないし、もうメガネに戻したし（まだカッコいいけど）。

イケメンとか、リア充とか、そういうのじゃなくて、人を一人の人間としてちゃんと見ること、ウチはサイトーに教わったんだもの。ちょっと外見が良くなったくらいで、群がってくるような女子に、サイトーが引っ掛かるはずない。絶対に、引っ掛かってほしくない。

サイトーに、会いたいなぁ。

誘い

何してるかな。もう部活から戻ってる頃。LINEしてみよ。

「サイトー」

「なに」

いた!

「元気?」

「なワケねーだろ」

機嫌悪そう。シーナくんが宮城行っちゃってるからだな。ウチはとっくに戦意喪失だけど、ウチより強い、サイトーの想い。

「ウチも」

何か…気晴らしになることないかな。

「今日夜、花火だね」

「ああ」

「行かない？」

「SASAMI の仲間は？」

「街に行くの、誘われたけど、気分じゃなくて」

それより今は、サイトーと話したかった。

「行くか、花火」

「うん！」

やった！　会える。

「待ち合わせどうする」

「登戸？　和泉多摩川のが近いんだっけ」

「たしか打ち上げ開始19時半位だろ。時間遅いし、家まで迎えに行くよ」

「いいよ、そんなん、大丈夫」

「いいって。お前んち駅から遠いし。遅くとも18時半までには行くから」

「はぁい」

女子扱いしてくれるの、何気に嬉しいな。

家に迎えに来てくれるなんて、そんなデートしたことなかった。デート？　デートなん？

コレ。

花火

せっかくだから、浴衣にしよう、花火だし。今日はママも出掛けてるし、そんなに慌てて戻らなくても、大丈夫。仕度をしながら、なんだかウキウキしてる自分がおかしい。浴衣に合わせて髪型もちょっと変えよう。御団子を結って、少し緩めに解(ほぐ)してスパイラルピンで整える。普段から髪をいじるのは好きだから、そこそこ上手に出来た。

夏の夕暮れ、外はまだほんのり明るく、オレンジから紫までの空のグラデーションがすごく綺麗。

ここんとこ頼みごと絡みで、二人で過ごすことが多かったから、勢いで誘っちゃったけど、イヤじゃなかったかな。サイトー優しいから、ついついウチは、甘えてしまう。多分ウチより大人なんだ、メンタルが。

ピンポーン

キター！

お散歩を待ちかねたワンコのように、玄関に向かって走る。インターホンそっちのけでいきなりドアを開けたウチを見て、サイトーはちょっと驚いたようだった。

アッ、やっぱり浴衣はウチだけ…張り切りすぎた、と焦ったウチを、シャツとジーンズ姿のサイトーは、無言でジッと見つめてきた。うっわー、困った。

「…変?」

「いや、めっちゃ似合う」

お世辞が言えるタイプじゃないから、そのまんま受け取ってもいいのかな。

「よぉし!」

嬉しくてガッツポーズをしてしまった。こういうとこが、ガキっぽいよね、恥ずかしい。

「行くか」

「いこいこ」

並んで歩きながら、

「確認しないでいきなりドア開けんなよ。危ないだろ」

さっそく怒られた。そうだよね、来てくれたのが嬉しくて、ちょっとテンション、おかしかった。ゴメン。

少しずつ暗くなってきて、この間の公園の前を通り過ぎようとしたとき、

「チッ、一緒かよ」

今一番聞きたくない声が、聞こえてきた。

拓斗だ。あの怖い夢の時と同じ、仲間も二人いる。恐怖ですくんだウチに、サイトーが、

耳打ちしてきた。

「そのまま、真っ直ぐ駅まで行って、交番のお巡りさん呼んで来て」

「わかった」

言われた通り、拓斗たちの方を見ないで、駅の方向に走った。履き慣れない草履が途中で脱げそうになったけど、早く、早く誰か頼れる大人を見つけて戻らないと、ウチのせいでサイトーが！

「後悔するぞ！」

最後に会ったときの、拓斗の言葉が蘇る。やだやだ、サイトー！


ちょっと待って、駅前に交番ってあったっけ？ 新百合ヶ丘まで行かないと、ないよ！ どうしよ！

よそ見して走っていたら、リーマン風の体格のいいオジサンにぶつかり、転んでしまった。

「おっ、大丈夫？ ゴメンゴメン」

腕を取って起こしてくれた手をそのまま掴み、

「友達が、変なやつに絡まれてて、助けてもらえませんか？」

「えっ？ どこ？」

「110番じゃ間に合わないの、とにかく一緒に来て下さい」

サイトー、待ってて！　今助けに行くからね！

息を切らして公園に駆け込んだ。

「サイトー、ごめん！　駅前に交番なぁい！」

あれ？　いない。

見ると、サイトーが水飲み場で手を洗っていた。パッと見、無傷。え？？

「もう帰ったよ、大丈夫」

いつもの穏やかな笑顔。相手は三人だよ、いったい、どうやって？

「友達って、彼？」

「あっ、ハイ！」

オジサン、忘れてた。

「もう大丈夫です。すみません、ありがとうございました」

サイトーが、代わって話してくれた。

「無事なら、よかった。それじゃ」

いい人。何かお礼をしたかったけど、状況が呑み込めなくて、とっさに浮かばなかった。

去っていく後ろ姿を呆然とみていると、

「行こうか」

サイトーに促されて、駅に向けて歩き出した。さっきはあんなに怖かったのに、まるで何にもなかったみたい。

「平野、すごく走った?」

「うん、サイトーがヤられちゃうと思って」

「アハハ、すまん」

と言いつつ、大きなハンカチを貸してくれた。ウチも持ってるけど、ダメだ、汗だく。

「ありがとう」

やっぱりいい香り。

「イテ」

とサイトーが、一瞬顔をしかめた。お腹を押さえた手の甲も、よく見ると擦過傷(さっかしょう)で赤くなってる。やっぱり、一人で奴らと闘ったんだ。

「大丈夫？　拓斗にやられた？」

「やっ、アイツは何も」

と言ったあと、プッと吹いたサイトー。思い出し笑い。

「何？　変なの」

声を出さずに肩を揺らして笑いながら、

「多分、もう来ないと思うよ」

ってことは、向こうがもう観念するくらいの勢いでやっつけたってこと？　よくわかんないけど、サイトーが相当ケンカ強いんだってことだけは、わかった。

「よかった」

これで本当にあの悪夢から解放されるかもしれない。もし今日、迎えに来てもらわなかったら、どうなってたんだろう。考えたくない。冷たい汗が、背中を伝った。

駅に着いて、改札に向かう前に、

「向こう、混んでんだろ。トイレ寄ってくか」

「うん！」

助かる。全力疾走して乱れた髪と浴衣をちょっと直したかった。もしかして、気を遣ってくれた？

ほつれた髪を結い直すのがうまくいかなくて、諦めて下ろしてゆるくひとつ結びにまとめた。

待っててくれたサイトーのところに戻ると、「おっ」という顔をしたので、不安になって
「変？」と聞いた。今日二回目だ。

「変じゃない。てか、何でも似合うな」

「ありがと」

嬉しいな。こういうの、サラッと言えるキャラだっけ？　何か余裕、サイトー。

「今日はコンタクトにしたんだね、どうして？」

最近はずっと新しいメガネだったのに。

「ああ。花火、メガネ越しじゃなくそのまんま見たかったから」

「そっか」

誰か女子に見つかりませんように。メガネないと余計にイケメンバレしちゃうサイトー。

知佳とその仲間に見つかったら恨まれる…。

いいや、そんなの。

今日は色々嫌なこと忘れて、サイトーと二人、純粋に花火を楽しもう。

うわー、やっぱり。あの三人の襲撃で遅れたせいで、和泉多摩川駅はもう、人、人、人。

「はぐれるぞ」

「うん」

サイトーが、階段を降りながら、手を繋いでくれた。

乾いて、あったかい大きな手。すっぽり包み込まれる感じ。

［令和元年　狛江・多摩川花火大会］

どこかなと迷う暇もなく、会場の多摩川緑地公園グラウンドに向けてどんどん押し出されていく。

くても見えるよ」

「ふーん、詳しいね」

「あの辺から上がるから、ここの小高い丘スペースから見るのがベスト。そんなに前行かなくても見えるよ」

手を引かれ、人混みに分け入り、どんどん進んでいく。草履でよたよた歩きのウチを時々振り返りつつ、ゆっくり歩くサイトー。任せてれば、安心。隊長、ついて行きます！

「大丈夫、去年来たとき、いい穴場見つけたから」

「見えるかなぁ、コレ」

話してる間に、打ち上げが始まった！

ひゅーっ！っと空に駆け上がる火の玉、音にビックリして「ひゃっ」と声をあげたウチを見て、サイトーが笑った。最初からカラフルな色味の大きいのがたくさん上がる。ばばばばばばばばーん！

「うっわー、きれい！　間に合ってよかったぁ！」

「最初っからスゲェ飛ばすなぁ」

出し惜しみせず、スタートからもう、フル・スロットル。カッコいい～！　サイトーと、笑い合った。

「わー、面白い形！」

「うぉー、変型！」

花火と一緒にテンション上がる。

「何か食う？　腹へった」

「タコ焼き食べたい！」

「たしか近くにあった。ちょっと待ってて」

「ウチ、行こっか？」

「戻って来れないだろ（笑）。ここで場所とっててくれればいい」

「はぁい、わかった」

たしかに〜、ウチじゃ迷子になるかも。ありがと、サイトー。

二人で、タコ焼きをつまみつつ、次々に上がる花火を観るのは、楽しかった。

過去のデートを振り返って、相手が機嫌悪くならないか、いつも気を遣ってハラハラしていたことに気付いた。そうだよ、メンタルが健全で大人な人は、自分で自分の機嫌が取れるんだ。フツーのデートって、こんなに楽しいんだな。

「ピンク！　きれい。桜っぽい！」

ウチの好きな、夜空に淡く溶け込んでいくベビーピンク。

青っぽいのや、紫がかったの。光まで柔らかく感じる、ピンクの花たちが夜空に拡がる。

優しさを色にすると、ウチにはピンクがそのイメージ。見ているだけで胸の中があったかくなる。

「ねっ」

横のサイトーを見上げると、微笑んで頷いてくれた。

「ピンク」

「ん？」

「似合うよな」

「ウチ？　ありがとう！」

浴衣にも、少しだけど淡いピンクが入ってる。普段、お世辞なんか絶対言わないサイトーが褒めてくれたのが嬉しくて、舞い上がってしまった。ふわっふわ。

視線が、優しい。落ち着きのない子どもを連れてきた、保護者目線？

身長差も結構あるから、常につむじ見られてる感があるけど、何だろう、身内と来ているような、抜群の安心感。今まで、男子と出かけてこういう感覚になったことはなかった。オムツ時代からの、幼なじみだからなのかな？

淡いピンクの世界から、突然鮮やかな虹色に、夜空が切り替わった！

「わわわわわ、すごい、すごいよ、鮮やか！　色がメッチャ、好き」

「平野の顔見てる方が面白い」

「ほらほらほらみてみてみてみて」

「花火、めっちゃ好きやん、自分（笑）」

「ウン。大好き。一人でも来たかも」

「バッカ、あぶねーだろ」

「ウソウソ、一人じゃ来ないよ、さびしーじゃん」

サイトーと一緒で、よかった。

「うぉ、デカい！」

「ヒャー！　おっきいね！」

これまでのとは比べ物にならないくらい、でっかい大玉があがった！　ラスボス感、ハンパない。

シーナくんを好きになって、二人で励まし合ってきた、サイトーとウチ。

ウチらの想いは、花火みたいにパーンと弾けて、実らずに終わりそうだけど、気持ちを共有出来て、よかったなぁ。拓斗のこともあったし、いっぱい助けてもらった。サイトーがいなかったら、相当ヤバかった、この夏のウチ。いつになくテンションアゲアゲのサイトーを、見上げた。

目が合って、笑い合って、ちょっとドキッとした。

これってきっと、花火のドキドキで吊り橋効果ってやつだよね。頬が熱い。暗くてよかった。

「いいな、花火」

「いいっしょー、花火！」

終わりが近くなり、この夏の仕上げとばかりに、次々と大輪の花が上がった。何だか、終わってしまうのが淋しい、ウチらの夏。

ウチらの…、サイトーと一緒でよかった。

「やっぱり来てよかった。サイトー、ありがとね」

「オレも、久々にちゃんと見たよ、花火」


最後の花火が消えたあと、来たときと同じく、余韻に浸るのもそこそこに、周りの人たちが動き始めた。

「混む前に、帰るか」

「うん」

地元のウチらは、そんなに急がないけど、家路を急ぐ人たちの混雑に、徐々に呑み込まれていった。

「もう混んできちゃったね」

「ああ」

「手」

「ん？」

来たときは自分から繋いだのに、なんかサイトー、ビックリしてる。ウケる。

「はぐれるよ」

言ったら、ニッと笑って、また繋いでくれた。

「あったかい」

乾いた手の感触が、心地よい。

「なんでこんなに冷えてる？」

だよね、顔は熱いのに、なんだか変。

「へへ、熱がみんな頭にいっちゃった」

「なんだそれ」

「花火で、ちょっとヤられたかも」

「ハハ」

そうだよ、サイトーがこんなにカッコよく見えるなんて、花火マジックだから。

人をかき分け、どうにか各停に乗って、サイトーの最寄りの読売ランド前に着いた。けど、動かないサイトー。

「降りないの？」

「さすがにもういないだろうけど、家まで送る」

「いいよー、わるい」

「いいって」

「ゴメン。でも嬉しい」

「嬉しい」なんて、思ったことがつるんと口をついて出る自分にビックリ。サイトーの前だと、気持ちがなんだか無防備に。うまくやる為にいつも構えてた自分が、どっかいっちゃう。

ウチの最寄りの百合ヶ丘で降りて、二人で歩いた。もう手は繋いでいないけど、なんだか隣にいるのが当たり前のような、不思議な感覚。何なの、コレ。前世で兄妹だった？

手を繋いだからなのかな。手の平って、何か色んな「気」が出てるって言うもんね。

サイトーとウチの波長が合ったのか、元々合うのか、なんなんだ。

「うーん」

思わず声が出てしまった。

「何？」

「なんでもない」

ヤバイヤバイ。

「サイトー、今日、いろいろありがとう」

「そっちこそ、声掛けてくれて、ありがとな。面白かった」

切れ長の目を細めて、ニコッと笑ってくれた。

よかった！　声掛けたとき、雰囲気暗かったから、少しでも元気になってくれて。

サイトーが奴らと闘った公園を通り過ぎ、家の近くまで、ようやく辿り着いた。

わるかったなぁ、結構歩くのに、行きも帰りも。

「お腹空かない？　タコ焼きしか食べてないし」

「たしかに」

「うち、寄ってく？　作りおきの焼きそばあるけど」

ウチじゃなくてママが作ってってくれたから、味は確かなはず。

「…」

焼きそばと聞いて、一瞬目が輝いたのを、ウチは見逃さなかった。たしか好きだったよね。

「ほら、遠慮してないで、サイトー、おいで！　コイコイ」

ためらっていたけれど、ハッと小さく息を吐くと、覚悟を決めたように真顔で、玄関から入って来た。

ちっちゃい頃何度も来てんじゃん（笑）。サイトー、面白すぎ。

「おじゃまします」

堅いなぁ、もぉ。

「わるい。ごちそうになるよ。食べたらソッコー帰るから」

「いいよ、焦んなくても。ママも帰り遅いし」

「…！」

んっ、やっぱり二人きりなの気にしてる？

「ヤバい、高校生にもなってママって言ってるのバレちった！」

「別に変じゃねーだろ」

あれ？　ツッコんでこない。

「そう？　でも、友達みんな、言わないよ」

「人前と家じゃ違うかもしれないじゃん」

「そんなうまく切り替えられる？」

「切り替えられない方が、オレは好きだけど」

また、変な沈黙。ダメだ、吹きそう。こらえて、お腹に力をこめる。あぁ、ヤバい。

二人になると、すぐに距離を詰めてきた拓斗と比べて、やっぱいいなぁ、サイトー。

「焼きそば。あったまったよ」

「おし、いただきます」

勢いよく食べ始めたサイトーを見つめていた。すっごくいい食べっぷり。これなら作った人は嬉しいよね。

「食わないの？」

「うん。見てたい」

「ガン見されると食いづらい」

「うーん」

「？」

「ウチ、好きかも。サイトー」

言った瞬間、サイトーが目を見開いて、盛大にむせた。

「うへっっ！　グエェッ！　苦しい…」

「ごめんごめん」

「何言い出す急に」

ウチが自分に聞きたい。やっぱ花火からちょっとおかしいわ。

「へへ、シーナくんの次にだけどね」

とっさにごまかしたけど、自分でもなんでなのか、よくわかんない？？

「仮定の段階で開示してくんなよ、動揺すんだろ」

「わー、理系っぽい言い方。人の気持ちなんて、どんどん変わるんだから、チャンスがあったら、すぐ伝えなきゃ」

「シナユーには？」

「シーナくんは…優しいけどなんか隙がなかった」

「隙？」

「なんかね、いい雰囲気になかなかならなかった。頭いいから慎重に避けてたのかも」

まぁ、ウチの場合、周りにバレバレで、早々に失恋しちゃったんだけど。

「それはない。アイツそういうの鈍いから。いつもビックリしてたよ」

「いつも、かぁ。やっぱ、モテるんだ」

「そう、オレとは違う」

相変わらず自己評価ひっくいな。アンタも最近そこそこモテてるってば。

「サイトーってさぁ」

「なんだよ」

「ないけど」

「女子と付き合ったことある?」

照れも隠しもせず、即答。そうなんだ。

「男子は?」

ブッ! 吹いた。

「あるわけねーし」

「でも、シーナくん」

「アイツは、特別」

「ふぅん」

だよね、やっぱりそこに着地。ウチらの、この繋がりも、シーナくんから始まったんだもん。

「ごちそうさま」

サイトーが立ち上がった。家の中だとますます大きく感じる。普段ママと二人だからかな。

「帰っちゃうの？」

「もう遅いし」

「ヤだ」

「ヤだじゃねーよ」

困ったように笑うサイトー。

ニャー！

「猫？」

人見知りで、普段来客のときには絶対に出てこないニャームが出て来た！

「ほら、ニャームも帰らないでって言ってる」

サイトーの脚に、お得意のスリスリを始めた。ニャームも、サイトーが好きなのね。

ん？「も」？

「かわいいな」

「うん。ウチの宝もの」

サイトーが、慣れた感じでニャームを抱き上げて撫でると、ウチに渡してくれた。

「ホントに帰っちゃう？」

いやだ、行かないで。

「また来るよ」

なだめるように頭をぽんと撫でてくれた、大きな手。これ以上、困らせたら、ダメだよね、ニャーム。

「わかった」

ニャームをそっと床に降ろして、
と答えた。やだ、何か泣きそう。

「サイトー」

「ん？」

「ハグしてくれる？」

「いいよ」

向き合って、大きく手を広げてくれた中に、迷わず入っていった。

サイトーの、日向のような匂い。思ったよりギュッと、しっかり強く抱き締めてくれた。

その瞬間、ウチの抱えた淋しさ、切なさが、じんわりほどけて、なくなっていった。

あぁ、なんて安心感。こうしていると、何にも怖くない。

「あったかい」

「お前も」

顔を上げると、サイトーの、少しはにかんだ笑顔。優しい目を見てたら、胸がいっぱいになった。

「泣くなよ」

「泣いてない」

「オレがいるじゃん」

「頼っていいの？」

「仲間だろ」

そうだよね。

ふっと、思わず微笑んだら、サイトーの顔が近づいてきた。

軽く、唇に触れるか触れないかの、優しいキス。乾いた唇の感触が心地よかった。

ウチら、仲間なのに？　サイトーが急に男の子になった。


好き。

もう一度、ほしい。

「もっかい」とリクエストしてしまった。

「ん？」と、目を覗きこんできたサイトーは、再びゆっくり唇を重ねてきた。

はむっという感じで唇を挟み、もう少しだけ深めに、背中に廻した手にも微かに力がこもって、本気のキス。小さく息が漏れて、身体がぴたっと密着していき、頭の芯がじぃんと痺れる感じ。

あぁ、このままサイトーに食べられちゃいたい…と身体を完全に預けたところで、ストップ。

ウチも、ハッと我に返った。

何やってるんだろう。

でも、ここで止められるサイトーって、すごくない？

静かに、身体を離した。

「ゴメン」

「ううん」

「帰るわ」

「うん」

急に恥ずかしくなって、頬が熱い。玄関に向かう背中を見ながら、止まってくれたサイトーに、感謝。止めてくれなかったら、止まらなかった。だって、全然イヤじゃなかった。

靴を履いて振り返ったサイトーと目が合って、また、ふふっとお互い微笑んだ。共犯者的な、不思議な感覚。

「またね」

「ああ」

「ありがとう」

「そっちこそ」

去っていくサイトーを、玄関で見送った。

「早く中入れよ」

「うん」

「鍵！」

「わかってるってば（笑）」

やっちゃった。「おかわり」なんかして、呆れられたかな、軽いって。

でもサイトーも、女子と付き合ったことないのに、上手だったな。ウチが経験したなかで、ガツガツしていない、温かで、包み込まれるような、一番優しいキス。

信頼感。

自分を安心して任せられる、全部委ねたくなる、そんな気持ちに、初めてなった。

女子の場合、これがSweet Emotion？　ヤバいよ、サイトー。何してくれちゃってんの。好きになっちゃうじゃん。

てか、もう好きじゃん。

気持ち

ニャーン、ニャー。サイトーが帰ってしまってから、しばらくニャームが切なく、鳴いた。淋しいね、ニャーム。帰っちゃったよ。

今の気持ち。好き。好き？

待てよ、ドキドキは、花火のせいかもしれない。落ち着いて、落ち着いて。

だってウチらはシーナくん推し。急接近したのも、元はと言えば、お互いに彼推しで励ましあってきたから。それがどうして？

やっぱりスキンシップ、身体の触れ合いって、侮れない。気持ちをグイグイ持ってかれる。

ママも言ってたよね、心から信用できる相手以外は、触らせちゃダメだって。

今までのウチは、どうだった？　自分のことを邪険に扱う、見くびってオモチャみたいに弄ぶカレシ・拓斗に、好きにさせていた。Hこそしなかったけど、全然自分を大事にしてこなかった。

バカだなぁ。
バカだった。
初めてのキスが、サイトーだったらよかったのに。

サイトーは、初めてだったんだろうか。
ウチが初めてで、よかったの？
うー、わかんない！
途中でやめてくれて、よかった。ありがとう、サイトー。
よくわかんないまんま、流されて進んじゃうのは、やっぱりよくない。ややこしい。
ギリギリの友達ラインで踏みとどまったウチら。
キスは、二人だけの秘密。
ミャオーン！
ニャームもか。三人だけの秘密ね。

次の日、知佳からLINEが来た。ヤバい。怒ってる。

「たしか、ただの幼なじみって言ってたのに、花火デートって、意味わかんないんだけど」

見られてた。

「ごめん、最初は複数で行くつもりだったんだけど、なりゆきで二人になって」

ウソは、ついてないよね。

「行ったら、楽しくて盛り上がっちゃって」

「手繋ぎは？」

「なんか、混んでたから迷子防止措置」

「ウッソつけー！　いいなぁ」

「ごめんごめん」

「もー」

「もひとつ、ごめん」

「何？」

「ウチら、別に付き合ってはいないんだけど、二人で出かけて、正直ちょっと、サイトー、いいなって思った」

「えぇぇ」

嘘つくと拗れるから、正直に言っちゃおう。

「だから、知佳、ごめんね、ただの幼なじみって言ったの、撤回する」

「わーん、マユが相手じゃ、勝ち目ないじゃん」

「そんなことないよ、ウチらもまだ全然だもん」

うっ、ここはウソだけど、サイトーの本命がウチじゃないのは本当。キスの真意も、わからない。それに、シーナくんのこと、まだウチも大好き。あぁ、なんてややこしい。

「なので、サイトーまだフリーだから」

その通りなんだけど、なんだか伝えるのは、イヤだった。

「わかったぁ。正直に言ってくれてありがと」

うっ、全部は言えてないけど、許して。

ウソって、怖いもんね。傷つけないための優しいウソもあるけど、それがバレたとき、人が一番傷つくのは、内容より何より、ウソをつかれたという事実だったりする。知らないで笑ってた、信じてた自分が惨めになるんだよね。

でも、サイトーとのキスと、サイトーのシーナくん推しは、話せない。どちらもウチ一人の問題じゃなくって、二人の秘密だから。

秘密が、増えていく。

「秘密が増える」と「大人になる」は、＝（イコール）なのかな。

カオリン

「マユ」

「カオリン！」

LINE嬉しい。今、恋バナするならカオリンとしたい。

「サイトーとデートしたんだって？」

うっわ、もうそんなに広まってる？

周りは全然気にならなかったけど、結構な頻度で、知り合いに見つかってたのかも！

「デートじゃないよ、二人で花火行っただけ」

「メチャメチャデートじゃんｗ」

たしかにー。

「へんなヤツと二人で行かないよ、フツー」

「みとめる。サイトーだから誘ったの」

「マユから？　やるぅ」

推しの話は…、カオリンでも駄目だぁ。サイトーに約束したんだもん。

「いいと思うよ、シーナより」

「なんで？」

「並んだ感じ、二人似合うし、サイトーならマユを泣かせない」

「ウチ、そんなに泣いたっけ」

「映画館、ライブのあと、ちょくちょく泣いてたじゃん」

「そっか、言われてみれば」

泣かされたというか、片想いで勝手に泣いたんだけど。

「シーナ、人たらしだから、マユみたいに恋愛の優先順位が高くて敏感な子は振り回されるよ」

「うー」

何となく自分でもわかってはいたんだけど。優先順位かぁ、ドラム愛いっぱいのサワちんは低そう。

「カオリンはどう？」

「何が？」

「佐久間、もういいの？」

「まだ痛い。でも、推しが幸せなのは、嬉しいんだ」

サイトーみたい。サイトーも、シーナくんが幸せで嬉しいって。

「大人だなぁ、カオリン。相手が自分じゃなくても、幸せ願えるなんて」

「大人じゃないよ。自分に自信がないのかも」

「自信？」

「私じゃあ、そんな笑顔にしてあげられない。幸せにしてやってくださーいって」

「大人だよ。自分の幸せより、相手の幸せなんて」

「好きだと、自然とそうなるよ」

「ウチ、まだ好きが足りないんかな」

「そんなことないって」

落ち着いてて、クールで、いつも優しく相談にのってくれたカオリン。

そんなカオリンが、初めて弱ったとこ見せてくれたのが、佐久間への失恋だったな。恋って、どんな人でも揺さぶって、本音を出させちゃうのね。

どうか、カオリンの相手は、そんなカオリンのかわいいところをわかってくれる人でありますように。

「ありがと」

「ん？」

「なんかモヤッとしてたけど、だんだんクリアになってきた」

「は？」

「素敵！って夢中になるのが恋だけど、もっと進んで、相手が自分よりも大切になると、愛になるんだね」

「どーした、マユ」

「面と向かって言えないよ、LINEだから言えるんだよ。後で削除ね」

「スクショとっとく」

「こらー！」

「で？」

「うん？」

「シーナとサイトー、今どっちが好きなの？」

「正直、わかんない。人の気持ちって日々変わるからね」

「あっ、ごまかしたw」

「いいの、いいの」


多分、もう一度会って、顔を見たら、わかる気がする。

ありがとう、カオリン。

新学期

夏休み最後の日、声が聴きたくて、サイトーに電話した。

「元気？」

「おぅ。そっちは？」

なんか、声が明るい。いいことあったかな。

「元気だよ。サイトーに、お願いがあるんだけど」

「アイツ、また来た？」

「ううん。明日、朝一緒に行っていい？」

「朝？いいけど」

「よかった！　サイトー、新百合に朝、何時頃？」

「いつも7時30分から45分の間」

「わかったー。45分までには絶対行くね」

「いいけど、オレ、バス乗んないよ」

「うん、いい。ウチも歩く」

「朝からクソ暑いぞ」

「クソ暑くてもいいの。んじゃ、明日、改札で！」

よかった。なんでだよ、とか訊かないでくれて。訊かれても困るし。

サイトーと行きたい、なんて、言うの恥ずかしい。


新学期最初の日。

いつもより少しだけ早く、百合ヶ丘駅までの道を、ひとり歩いた。

高校入ってから、この短い間に色々あったなぁ。

シーナくんに一目惚れして、ドラムが好きになって、バンドを組んで、洋楽も好きになって、バンド仲間と仲良くなって、失恋して、たくさん泣いて、推し仲間を見つけて、励まし合って、一緒に出掛けて、夢を見つけて、腐れ縁から助けてもらって、キスをして。

色々てんこ盛りでパンクしそう。その中でもやっぱり、好きな音楽にいっぱい出逢えたことと、サイトーと一緒に過ごせたことが、大きかった。

しんどいとき、楽しいとき、音楽を聴くことで、曲と気持ちがシンクロして、自分の人生のワンシーンが、まるで映画のように、記憶の中に刻まれた瞬間が、たしかにあった。多分これ、ウチがおばあちゃんになっても忘れないやつ。

安心感。ウチがずっと探してて、得られなかったもの。一緒にいるときの、寛いで気持ちが安らぐ感じ。サイトーといるときの自分が、一番素に近くて、好き。

(You Make Me Feel Like) A Natural Woman / Carole King (1971)

朝から降りしきる雨を眺めながら
いつも気分はサイアク
また新しい日が始まるのが
たまらなく億劫になっていた

あなたに出会う前の私は、いつもこんな調子
でも、出逢えたことで、気持ちが安らぎ、明るくなれた

だってあなたがいると
あなたと一緒だと
いつも素直に
自然と女の子でいられる

気持ちが迷子になったときはいつも
あなたがやってきて見つけてくれた
今まで何が足りないのか、わからなかった
でもあなたのキスで、それが何かがわかった

ぽわ〜んとしてキャロル・キングを聴きながら歩いてたら、新百合ヶ丘に7時35分頃に着く電車を逃してしまった。あちゃ〜。次の電車は、7時45分にジャスト到着。混んでるとなかなか改札まですぐ行けないけど、待っててくれるかな？

人をかき分けて階段を上って、二つある改札のどちらか決めてなかったことを後悔しながら、人混みのなか、サイトーの背中をやっと見つけた。

顔を見たらわかる、なんてウソ。後ろ姿を見つけただけで、既にキュンときてしまった。

やっぱり、会いたかったんだ、他の誰よりも。


周りを見渡して向きを変えたサイトーに、置いてかれる！と焦ったウチは、サイトー目掛けて突っ走ってしまった。

とっさに止まれず、追突！

「ごめんごめん、遅くなった！」

「いいよ。そんなに慌てんな」

笑顔に、ホッとする。

「すごいね、ウチが体当たりしたのにびくともしない」

「後半ヒマだから筋トレばっかやってた。今日はどうした？」

日に焼けて、なんか、イケメン度が上がってる。女子がまたザワついちゃう。

「別に。最初の日は、サイトーと、行きたかっただけ」

息を弾ませながら、答える。

恥ずかしいのに、こんなこともシレッと言えてしまう。キャロル・キングの歌の通りだな。

キス以来だから、気まずいかなと思ったら、サイトーはいつものサイトーでいてくれた。よかった。

駅を出て、通りを歩いていくうちに、シーナくんとサワちんが寄り添って歩いて行くのを、見つけた。

前に見かけたときとは違う、明らかに親密な感じが、そこにはあった。

ちょっと前だったら大ショックなのに、痛くない！　もう決定だ。

「おおっと…、初日からコレかぁ。二人、うまくいったんだね」

「ああ。入る余地ないよな」

「そうだね」

サイトーが、心配そうに顔を覗きこんできた。

「元気出せ」

「ウチ、元気だよ」

サイトーがいるもん。それよりサイトーが、つらいよね。

まだまだ続く、ウチの片想い。でも、今は近くにいられるだけでいい。


「サイトー、佑って呼んでもいい？」

「いいけど」

「あとね、メガネ、やっぱり前のゴツいやつに戻して」

「なんでだよ」

「いいから」

冗談半分、本気半分。

バスの窓から、女子の視線を感じる。ウチのせいでイケメンバレしちゃったサイトー。

今もカッコいいけど、ちょいダサの頃から、好きなものに真っ直ぐで、誠実で、男気のある、ブレないサイトーが、大好き。

キスのこと、何にも言ってこないなぁ。

でも平気。

今はまだ、そのことに触れてほしくない。

あのときのSweet Emotion、自分でもまだよくわからないから。

でもいつかまた、あの日みたいに、そうするのが自然って雰囲気の二人に、なれたらいいな。


「やっぱり、クソ暑いだろ」

「暑い」

まだ道のり半分なのに、暑さに弱いウチの、額と鼻の頭には早くも、汗。

「ほら」

大判のタータンチェックのハンカチを、差し出してくれた。

「持ってるもん」

「そんなちっこいのじゃ、間に合わんだろ、汗っかき。タオル持ち歩け」

「ふーんだ」

でも、嬉しい。

借りたハンカチを顔に当て、目を閉じると、前と同じ、柔らかで、微かなバラの香り。

「はぁぁ」

気持ちよくて、思わず声が出た。

「何浸ってんだよ（笑）」

頭をぽんっと撫でてくれた。

「好き」

「ん？」

「いい香り」

ウチを見下ろしてハハッと笑うサイトーの笑顔が眩しくて、もう一度胸に深く、その香りを吸い込んだ。


〈END〉

【著者紹介】
小川 涼佳（おがわ りょうか）

都内の貿易会社で働き、洋楽・映画をこよなく愛するB型魚座。

SWEET EMOTION

2025年1月31日　第1刷発行

著　者　　小川涼佳
発行人　　久保田貴幸

発行元　　株式会社 幻冬舎メディアコンサルティング
〒151-0051　東京都渋谷区千駄ヶ谷4-9-7
電話　03-5411-6440（編集）

発売元　　株式会社 幻冬舎
〒151-0051　東京都渋谷区千駄ヶ谷4-9-7
電話　03-5411-6222（営業）

印刷・製本　中央精版印刷株式会社
装　丁　　野口萌

検印廃止

Printed in Japan
ISBN 978-4-344-94585-2　C0093
幻冬舎メディアコンサルティングＨＰ
https://www.gentosha-mc.com/